만 권 독서 백 권 작가의
책 쓰기 특강

만 권 독서 백 권 작가의

책 쓰기 특강

김병완 지음

프로방스

> "
> 살아갈 나를 위해 살아온 나를 쓴다.
> "

"모든 사람에게는 단 한 권의 책이 있다.
그 책은 당신의 인생이다."

책 쓰기가 정말 내 인생을 바꿀 줄은 몰랐다. 평범한 회사원으로 살다가, 그 후 백수 무직자가 되어, 무기력한 삶을 살았다. 많은 백수가 그렇듯이, 매일 아침 눈을 뜨면 가는 곳이 있다. 누구는 동네 공원이 될 것이고, 누구는 사람들이 붐비는 시내가 될 것이다. 필자는 책이 넘치는 도서관이었다.

처음 몇 년 동안에는 책을 읽기만 했다. 책을 쓴다는 것은 상상도 한 적이 없다. 진짜다. 삼성전자에서 휴대폰 연구원으로 직장 생활을 할 때도, 백수 무직자가 되어 매일 도서관에 출근처럼 갈 때도, 책을 쓴다는 것은 인생 계획에 없었다. 내가 작가가 된다는 것은 꿈도 꾼 적이 없었다. 하지만 책을 한 권 쓰고 나서, 내 인생은 180도 완벽하게 바뀌었다.

단 한 권의 책을 쓰고 나자, 내 삶은 차원이 다른 세상에 살고 있는 것처럼 많은 것이 달라졌다. 필자도 과거에는, 아니 40대가 되기 전에는, 평생 책을 쓴다는 것은 '작가만의 일'이라고 생각했다. 세상은 우리에게 가르쳤던 것 같다. '똑똑한 사람, 성공한 사람, 특별한 사람'만 책을 쓸 수 있고, 책을 써야 한다고 말이다. 결과적으로 필자는 오랫동안 책을 쓴다는 것은 나 자신과 전혀 무관한 일이라고 단정 짓고, 책 읽기만 했다. 직장을 그만두고, 백수 무직자가 되어 하루 종일 시간이 남아돌아도,

책을 쓸 생각은 절대 하지 못했다. 이런 생각과 의식이 가장 큰 장애물이었다.

책을 쓴다는 것은 이제 천하의 공물이 되었다. 책 쓰기가 이제 모든 사람에게 열린 시대에 우리는 살고 있다. 시대의 변화에 발맞추어, 열린 생각과 의식으로 당신이 누구라도 책을 써야 한다. 시대가 너무나 많이 달라졌기 때문이다. 더 중요한 이유가 따로 있다. 그것은 모든 사람에게는 단 한 권의 책이 있기 때문이다. 그 책은 바로 당신의 인생이다.

당신의 경험과 삶, 그 자체는 그 누구의 것도 아닌 당신의 소중한 자산이며, 보물이다. 왜 그것을 한 권의 책으로 쓰려고 하지 않는가? 세상과 타인에게 공유하려고 하지 않는가? 하지만 우리가 책을 써야 하는 이유가 이것이 전부가 아니다. 사실 책 쓰기는 공유의 의미를 넘어선다.

책 쓰기는 당신의 인생을 재창조하고, 인생의 가치와 의미를 되새기며, 한 번도 만나보지 못한 자신을 만날 수 있게 해 준다. 당신의 삶과 경험과 생각은 세상에 하나뿐이다. 그래서 가치가 있다. 그것을 책으로 옮기고, 그 책이 독자들에게 닿으면, 비로소 당신은 새롭게 태어나는 것이며, 재창조되는 것이다.

책을 쓰는 일이 필자의 인생을 이토록 바꿔 놓을 줄은 상상도 하지 못했다. 책 쓰기의 위력은 실제로 경험해 보지 못한 이들은 절대 알지 못한다. 그 영향력과 파급 효과가 너무나 강력하고 크기 때문이다.

책 쓰기는 자신의 인생만 극적으로 바꾸는 것이 아님을 우리는 알아야 한다. 책 쓰기는 당신의 작은 이야기를 통해, 다른 사람에게 작은 희망과 용기의 불씨를 전하게 해 준다. 당신의 책이 타인의 삶을 좋은 방향으로 바꾸고, 세상에 나비 효과를 일으켜, 세상을 바꿀지도 모르기 때문이다.

필자는 책을 쓰면서, 그 누구라도 한 권의 책을 쓸 수 있다는 사실을 알게 되었다. 책 쓰기가 막막한 이들에게 꼭 해 주고 싶은 말이 있다. 책을 쓴다는 것은 그렇게 거창하고 어렵고 힘든 일이 아니라, 가슴 뛰는 행복한 여행과도 같다고 말이다.

책 쓰기는 작가의 전유물도, 성공한 사람만의 전유물도, 지식인들의 전유물도 아니다. 누구나 책 쓰기라는 세계에 발을 들여놓으면, 자기 삶에 새로운 의미를 부여하고, 새로운 자아를 발견할 수 있다. 그 순간 새로운 인생이 펼쳐지게 되는 것이다. 책 쓰기가 내 인생에 이렇게 도움이 될 줄은 몰랐지만, 이제는 누구보다 정확히 알고 있다. 책 쓰기를 통해 새로운 인생을 시작해 보면 어떨까?

필자에게 큰 용기를 준 책의 문장을 알려주고 싶다. 진심으로!

"나는 알고 있다.

누구나 글을 쓸 수 있고, 누구나 작가가 될 수 있다는 것을.

그런 사실을 받아들이고, 자기를 알고, 자기를 믿으려면,

글과 씨름을 할 필요가 있다는 것을,

또한 나는 알고 있다.

그 씨름을 계속하려면 믿음과 용기가 필요하다는 것을.

또한 알고 있다. 글쓰기는 누구에게나 무한한 가치가 있

다는 것을."

– 로버타 진 브라이언트, 《누구나 글을 잘 쓸 수 있다》, 6쪽.

그렇다. 책 쓰기는 누구에게나 무한한 가치가 있다. 그 무한의
가치를 향해서 한 걸음을 시작해 보면 어떨까? 용기와 자극이 부
족한 이들이 있다면, 철학자 니체의 이 말을 명심할 필요가 있다.

'자신을 대단치 않은 인간이라 폄하해서는 안 된다. 그 같은 생각은 자신의 행동과 사고를 옭아매려 들기 때문이다. 오히려 맨 먼저 자신을 존경하는 것부터 시작하라. 그것은 자신의 가능성을 활짝 열어 꿈을 이루는데 필요한 능력이 된다. 자신의 인생을 완성시키기 위해 가장 먼저 스스로를 존경하라.'

우리는 모두 자신의 인생을 완성해 나가야 한다. 그렇게 하기 위해서 가장 먼저 니체의 말처럼 스스로를 존경해야 한다. 스스로를 존경하는 가장 확실한 방법은 한 권의 책을 쓰는 것이다. 책을 쓴다는 것은 자신을 스스로 존경하는 길이며, 그것은 또한 인생 최고의 도전이다.

책을 쓴다는 것은 그저 그런 도전이나 시도가 아니다. 그것은 인생에서 가장 눈부신 멋진 도전이다. 나탈리 골드버그는 《인생을 쓰는 법》에서 아주 중요한 말을 우리에게 해 주었다.

'살아갈 나를 위해 살아온 나를 쓴다.'

전 세계인에게 글쓰기 붐을 일으킨 그녀는 오직 하나뿐인 우리의 삶을 위해, 시작하라고 조언해 준다. 이제 당신 차례다. 앞으로 살아갈 삶을 위해, 당신은 살아온 당신을 써야 한다. 그 것은 선택이 아니라 필수다. 그녀의 책 제목처럼 '뼛속까지 내 려가서 써라'

차 례

제1장 책 쓰기가 인생에 도움이 될 줄이야!

제2장 책을 쓰면 진짜 인생이 바뀐다

제3장 인생에 도움이 되는 책 쓰기, 무엇이 다른가?

제4장 인생 책 쓰기 어떻게 시작할까?
- 책 쓰기에 도움이 되는 조언 -

제5장 베스트셀러 작가의 인생 책 쓰기 기술
- 책을 쉽게 쓰는 5가지 방법 -

제6장 당신도 책을 써야 한다면
- 첫 책 쓰기 현실적인 조언 5가지 -

부록 김병완 칼리지 책 쓰기 작가수업 교재
- 7주 만에 작가 되기 -

"몽상가는 꿈을 꾸고, 작가는 글을 쓴다. 글쓰기를 꿈꾸는 것은 글을 쓰는 게 아니다. 글쓰기를 생각하는 것도 글을 쓰는 것이 아니다. 멋진 스토리 아이디어를 떠올리고 흥분하거나, 머릿속으로 책을 몇 권씩 구상하거나, 글쓰기에 관한 무수한 책을 읽는 것. 그 어떤 것도 글쓰기 행위가 아니다. 최초의 한 문장을 쓰고, 또 한 문장을 보태는 것, 혹은 그저 최초의 낱말 하나를 쓰고, 새로 낱말을 하나 더 보태는 것, 이것이 바로 글쓰기이다."

– 로버타 진 브라이언트, 《누구나 글을 잘 쓸 수 있다》, 27쪽.

제1장

책 쓰기가
인생에 도움이
될 줄이야!

01

인생 뭐 있어? 예. 있어요. 책 쓰기!

"인생 뭐 있어?"라는 말만 계속 되풀이하면서 어제와 별
반 다를 바 없는 인생을 살아가는 평범한 사람들일수록
지금 당장 책 쓰기에 도전해야 한다. 인생을 바꾸는 데 책
쓰기만큼 강력한 것은 없기 때문이다. 어제와 다를 바 없
는 지긋지긋한 인생에서 책 쓰기만큼 빠르고 놀랍게 벗
어날 수 있게 해주는 것은 없다. 위대한 사람, 잘난 사람,
재주 있는 사람만이 책 쓰기를 할 수 있는 것이 아니다.
오히려 그렇지 못한 사람이기에 책 쓰기를 통해 더 쉽게
그런 사람이 될 수 있고, 자신의 한계를 넘어설 수 있다.

– 《김병완의 책 쓰기 혁명》 중에서

인생 뭐 있어? 라는 말만 하는 사람과 절대 만나지 마라. 그런 사람은 당신의 성공과 도전에 걸림돌이 되고, 당신의 인생에 방해만 될 뿐이다. 그런 사람은 당신의 앞날에 그 어떤 도움도 주지 않는 사람이다.

회사 동료 중에 입버릇처럼 이런 말을 하는 친구가 있었다.

'내가 무슨 부귀영화를 보겠다고 그 짓을 하겠어?'

그때는 나도 그 말에 어느 정도 동조했다. 하지만 그 동료는 말처럼, 대충 적당히 직장 생활을 했다. 그리고, 그 결과 직장은 그에게 똑같이 '대충, 적당히' 보상을 해 주었다. 그는 몇 개월도 지나지 않아, 해고를 당했다. 그렇다. 우리는 말을 바꾸어야 한다.

'나는 엄청난 부귀영화를 볼 것이고,
그래서 이 짓도 기쁨으로 할 수 있다.'

이렇게 말이다. 당신은 정말로 어마어마한 부귀영화를 누릴 것이고, 그래서 이런 일쯤이야 아무것도 아니라고 말하면서 거뜬히 해야 한다. 인생 뭐 있어! 라는 말만 하면서 적당히 대충 살아가는 당신에게서 벗어나, 눈부신 인생을 누리는, 세상 사람들이 부러워하는 그런 삶을 맞이하는 사람으로 거듭나야 한다.

'다 좋다.' 하지만 문제는 '어떻게'다. 어떻게 해야 할까? 평범한 사람이 어떻게 해야 그렇게 눈부신 인생을 누리는 사람이 될 수 있을까? 다시 공부를 시작해서 하버드대와 같은 명문대를 나온다는 것도, 의사나 변호사 자격증을 취득한다는 것도, 국회의원이 되는 것도, 구독자 100만 명인 유튜버가 되는 것도, 불가능한 것은 아니지만, 현실적으로, 사실상 가능성이 매우 낮다. 하지만 하늘이 무너져도 솟아날 구멍은 있다고 했다. 그렇다. 솟아날 구멍은 있다. 그 솟아날 구멍이 바로 이 책의 주제다.

중국 육조 시대 학자인 안지추는 《안씨가훈》이라는 책으로 유명하다. 이 책에는 이런 문장이 나온다.

> "천만 냥의 재물을 쌓는 일이 한 가지 작은 기술이나 재주를 몸에 지니는 것만 못하다. 그 한 가지 기술이나 재주 가운데 쉽게 익힐 수 있고 또한 가장 귀중한 것으로 독서만 한 것이 없다. 독서는 비록 크게 성취한 것이 없다

고 해도, 도리어 한 가지 기술이나 재주는 될 수 있으므로 스스로 살아갈 수 있는 바탕이 되어 준다. 부모 형제에게 항상 의지할 수는 없는 노릇이고, 고향과 나라도 언제까지 자신을 보호해 주지는 않는다. 그러므로 마땅히 자기 자신이 살아 나갈 방도를 찾아야 한다."

그렇다. 고향도 나라도 당신을 보호해 주지 않는다. 자본주의 사회, 민주주의 사회에서는 더욱 그렇다. 부모 형제에게 항상 의지할 수도 없다. 스스로 살아갈 수 있는 바탕이 되는 한 가지 기술이나 재주를 몸에 지녀야 한다. 안지추는 독서가 비록 크게 성취한 것이 없다고 해도, 도리어 한 가지 기술이나 재주는 될 수 있다고 했다. 하지만 필자는 더 좋은 기술을 추천하고 싶다. 바로 책 쓰기다. 책 쓰기는 독서의 수준과 차원을 뛰어넘는다. 책 쓰기는 독서 그 이상의 스스로 살아 나갈 방도가 되어 주는 더할 나위 없이 좋은 성공 도구다.

인생 뭐 있다. 그래서 대충 살아서는 안 된다. 대충 살면 세상도 당신을 대충 대접한다. 당신이 철저하게 도전하고 성취하면 세상은 당신을 대충 대접하지 않는다. 철저하게 깍듯이 귀하게 대접해 준다. 그것이 세상의 이치다.

당신은 자신의 직업을 철저하게, 깍듯이, 귀하게 대우를 하면서, 왕을 모시듯 하면서 10년 이상 했는가? 자신의 직업을 머슴 대하듯 무시하고 소홀히 하고 대충하면서 평생 살아왔는가?

　기억해야 한다. 현재 당신의 성공과 실패는 어제까지 당신의 생각과 행동의 결과다. 절대 남 탓도, 세상 탓도 하지 마라. 오늘 당신이 만나는 세상은 모두 어제 당신이 직접 생각하고 행동한 것들의 결과라는 사실을 말이다. 세상은 그렇게 허술하지 않다. 세상은 매우 정확하다.

　당신이 가진 내공과 실력과 경험이 하찮으면 세상도 당신을 그 정도밖에는 대접을 못 해 준다. 하지만 당신이 가진 내공과 실력과 경험이 상당한 수준 이상이라면 세상과 당신이 만나는 사람들은 당신을 그 수준 이상으로 대접을 해 줄 뿐만 아니라, 자연스럽게 당신을 인정해 주고, 존경해 준다.

　인생은 뭐 있고, 우리는 어마어마한 부귀영화를 누려야 한다. 그것이 우리의 팔자고, 운명이다. 당신도 이 세계에 지금 당장 뛰어들기를 바란다. 그런데 도대체 무엇으로? 세상에는 성공의 길이 한둘이 아니다. 너무나 다양하다. 하지만 가성비가 높은 길은 분명히 존재한다.

세상에는 온전히 자신의 힘만으로 바위를 미는 사람과 지렛대를 사용해서 바위를 움직이는 사람이 있다. 당신은 지금까지 전자였다면, 이제 후자가 되어야 한다. 그것이 성공 확률이 더 높기 때문이 아니라, 더 많은 일을, 더 정확히, 잘할 방법이기 때문이다. 지렛대가 없으면 바위를 절대 움직일 수 없다. 그런 지렛대와 같은 역할을 해 주는 것이 바로 책 쓰기다.

02

책 쓰기는 작가가 되는 것? 그 이상이다

오! 이런 맙소사! 책 쓰기로 작가만 되었다고? 고작!

물론 작가라는 것은 너무나 멋진 일이다. 그뿐만 아니라 작가라는 직업은 이 세상에 존재하는 그 어떤 직업과도 바꾸지 않을 만큼 중요하다. 하지만 책 쓰기라는 멋진 이동 수단? 을 타면서 겨우 작가만 되었다고 하는 것은 여기서 미국까지 날아갈 수 있는 비행기를 타고 겨우 인천 월미도만 갔다 온 것과 진배없다. 인천 월미도는 비행기가 아니라 자가용을 타고 갔다 오면 된다. 그런데 뭐 하러 비행기를 이용하려고 하는가?

책 쓰기는 최고의 이동 수단인 비행기나 고속 열차인 KTX에 비유할 수 있다. 그런데 많은 사람은 비행기나 KTX인 책 쓰기를 하면서도, 마치 자전거나 킥보드를 타고서 동네 한 바퀴를 도는 것과 같이 활용 범위가 너무 작고, 잘못되었다면 책 쓰기를 제대로 활용했다고 말할 수 없다.

150년 동안 하버드 대학교에서 가장 중요하게 생각하는 과목이 글쓰기 과목이다. 왜 글쓰기를 이렇게 중요하게 생각할까? 글쓰기는 단순한 기술이 아니기 때문이다.

글을 정확히 제대로 잘 쓸 수 있다는 것은 생각을 제대로 할 수 있는 기술만을 의미하는 것이 아니다. 그 이상이다. 글을 정확히 잘 쓸 수 있다는 것은 자기 생각을 매우 정확하게 잘해 낼 수 있다는 것과 함께 그것을 세상과 타인에게 제대로 잘 표현하고 타인을 설득해 낼 수 있다는 의미도 포함한다. 그래서 글을 잘 쓴다는 것은 엄청난 능력이며 기술, 그 이상인 기술이다.

글을 잘 쓰는 사람은 지도자가 될 자격이 반 이상은 이미 갖춘 것과 진배없다. 글을 잘 쓰는 사람은 당연히 말을 잘할 수 있다. 정말로 말을 잘하는 사람은 어떤 사람일까? 아나운서처럼 청산유수로 유창하게 말할 수 있다고 해서 말을 잘한다고 하지 않는다. 진짜 말을 잘하는 사람은 한두 마디 말로 상대방을 설득하고 제압하고 이끌 수 있는 사람이다.

책 쓰기를 하는 사람의 인생이 반드시 달라지는 이유가 바로 이것이다. 책 쓰기는 기술 그 이상이다. 심지어 책 쓰기의 효과와 기능은 한둘이 아니라 매우 많고 다양하다. 당신이 5년 이상 책 쓰기를 했다면 당신은 5년 전의 당신이 더 이상 아니다. 그렇게 되돌아갈 수 없을 만큼 당신은 매우 많이 성장하고 발전했기 때문이다.

독서를 50년 동안 꾸준히 지속해서 많이 해서 5만 권 이상의 독서를 했다면 그 사람은 어떨까? 확실한 것은 50년 전의 그 사람과 5만 권 이상의 독서를 한 그 후의 그 사람은 전혀 다른 사람이라는 점이다.

책 쓰기 5년은 독서 50년과 맞먹을 정도로 강력하다. 파급 효과는 독서와 비교가 되지 않는다. 독서는 내면의 성장만을 가져다준다. 반면에 책 쓰기는 내면의 성장은 열 배 이상 더 강력할 뿐만 아니라 독서가 가져다주지 못하는 외부의 파급 효과와 성공의 디딤돌 역할을 해 준다.

책 쓰기를 해서 고작 작가만 되었다면, 그 책 쓰기에 문제가 있다는 사실을 말하고 싶다. 그것은 시속 200km로 달릴 수 있는 10억짜리 스포츠카로 자전거와 경주해서 이기는 것에 만족하는 것보다 더 한심한 짓임이 틀림없다. 책 쓰기로 작가가 되었다면, 그것은 빙산의 몸체는 보지 않고, 빙산의 일각만 보고, 그것이 전부라고 말하는 것과 다름없다. 책 쓰기는 당신이 생각하는 것, 상상 그 이상이다.

책 쓰기를 한다면 작가보다 훨씬 더 많은 직업을 가질 수 있고 더 큰 인생을 누릴 수 있게 된다. 정말이다. 책 쓰기를 한다면, 더 크고 넓은 세상을 경험하게 되고, 만나게 된다. 이래도 책 쓰기를 하지 않는다면, 더 이상 할 말은 없다. 모든 것이 본인의 선택이기 때문이다.

책 쓰기를 시작하면, 인생의 눈부신 변화가 시작된다. 이것은 책 쓰기를 실제로 하는 사람만이 경험할 수 있다.

03

책 쓰기의 다른 말? 공평? 희망? 기적?

필자는 책 쓰기의 예찬론자인 듯하다. 하지만 책 쓰기 이전에 먼저 독서 예찬론자였다. 이 사실은 지금도 변하지 않고 있다. 독서를 반드시 해야 한다. 독서는 선택이 아니라 필수며, 인생을 살아가는 데 있어서 정말 중요하다. 하지만 독자들이 이런 질문을 한다면 어떻게 대답할까?

"작가님, 독서와 책 쓰기가 있는데, 둘 중의 하나만
해야 한다면 어느 것을 할까요?"

나의 대답은 두말할 것도 없이 후자다. 독서와 책 쓰기를 모두 할 수 있다면 두 개 다 해야 하고, 만약에 하나만 선택해야 한다면, 반드시 책 쓰기를 선택해야 한다. 책 쓰기에는 독서의 기능이 포함되어 있지만, 독서에는 책 쓰기의 기능이 포함되어 있지 않기 때문이다.

노벨상과 아카데미상을 모두 받은 유일한 인물인 조지 버나드 쇼는 경제는 삶이라는 재료로 최고의 것을 만들어 내는 것이라고 말한 적이 있다. 이쯤 되면 경제 예찬론자로 보인다.

세상의 모든 것을 경제학자의 시선과 관점으로 보면, 경제학은 학문이 아니라 삶의 기술이 된다고 독일의 경제학자인 하노 벡은 말한 적이 있다. 필자는 그의 말을 토대로 이렇게 말하고 싶다.

> "책 쓰기는 삶의 경험과 기술과 생각이라는 재료를
> 가지고 인생을 최고의 것으로 만들어 내는 성공의
> 기술이며, 나아가서 삶의 기술이 된다."

당신이 머리가 나빠서 의사나 변호사가 될 수 없을지도 모른다. 당신이 능력이 없어서 대기업에 취직을 못할지도 모른다. 당신이 장사 수완이 없어서 장사를 해도 번번이 망하기만 할지도 모른다. 당신이 세상을 몰라서 사업을 하기만 하면 빚더미에 앉을지도 모른다. 당신이 인맥이 없어서, 스펙이 없어서, 흙수

저라서 패배자로 살지도 모른다. 하지만 이 모든 것에 포함되는 당신이라도 지금 당장 돈이 없어도, 기술이 없어도, 시간이 없어도 할 수 있는 것이 있다. 바로 책 쓰기다.

책 쓰기는 당신이 패배자라도, 흙수저라도, 중졸이라도, 머리가 나빠도, 경험이 많지 않아도, 무능력자라도, 무일푼 노동자라도, 백수라도, 무직자라도 차별하지 않고 당신을 무시하지 않는다. 그저 용기를 갖고 시작하면 된다. 심지어 일생에 한두 번의 실수로 교도소에도 갔다 온 전과자라도 책 쓰기는 할 수 있다.

책 쓰기를 통해 절망 가운데서 한 줄기 빛을 보고, 인생을 새롭게 출발한 이들이 적지 않다. 책 쓰기의 다른 이름은 공평이며, 희망이다. 이쯤 되면 책 쓰기의 다른 말이 기적이라고 해도 무방할 것이다.

어떤 분야에도 진입하려고 보면, 진입장벽이 존재한다는 사실을 알 수 있다. 그래서 어떤 사업이든 시작하려고 하면, 인맥과 자본과 경험과 기술이 필요하다. 인맥도 없고, 경험도 없고, 자본도 없고, 기술이 없다면, 사업을 시작하는 것도 어렵고 힘들지만, 시작한다고 해도 성공한다는 보장이 없다. 이미 인맥과 자본과 경험과 기술을 탄탄하게 수십 년 이상 쌓아온 회사가 차고 넘치기 때문이다. 인맥과 자본과 경험과 기술이 탄탄한 회사와 경쟁을 해야 한다.

어떤 분야든 진입장벽은 존재하고, 그것은 사람이 될 수도 있고, 기술력이 될 수도 있고, 자본금이 될 수도 있고, 인맥이 될 수도 있다. 하지만 책 쓰기만큼 이런 것들이 존재하지 않는 분야도 없다. 책 쓰기는 직장 상사나 경쟁자의 눈치를 볼 필요도 없고, 그저 혼자서 골방에 앉아서 책을 쓰면 되기 때문이다.

책 쓰기는 또한 하나의 기회이며 특권이다. 책을 쓰는 일은 졸업장이나 자격증이 없이도 바로 시작할 수 있다. 그리고 자격증이 없어도, 허가를 받지 않아도, 등록을 하지 않아도, 지금 바로 시작할 수 있다. 이처럼 좋은 기회가 어디 있을까? 이것은 하나의 특권이다. 인간만이 누릴 수 있는 특권 말이다. 더 중요한 것은 책을 쓰는 일은 절대로 법으로 금지되어 있지 않다는 점이다. 과거 미국의 어떤 지역에서는 술을 마시는 것이, 법으로 금지된 적이 있었다. 이처럼 책을 쓰는 일도 법으로 금지될 수도 있다. 하지만 지금 우리나라에서는 그것이 불법이 아니다. 얼마나 멋지고 좋은 일인가?

생각해 보라. 변호사나 의사의 일을 할 수 있다고 해도 자격증 없이 하면 불법이기 때문에 할 수가 없다. 간호사 중에서 오랜 기간 숙련된 간호사는 의사의 일을 일정 부분 아무 문제없이 해 낼 수 있다. 하지만 그렇다고 해서 간호사가 의사의 일을 하면, 그것은 현재 불법이다. 그뿐만 아니라 의사나 변호사는 오랜 기간 공부해야 한다. 하지만 책 쓰기는 지금 당장 바로 시작할 수 있다.

04

책 쓰기가 인생에 정말 도움이 될 줄이야!

지금까지 살아오면서 필자가 가장 잘한 것 중에 몇 손가락 안에 드는 것이 바로 책 쓰기이다. 책 쓰기를 만약에 9년 전에 하지 않았다면 내 인생은 지금과 전혀 달랐을 것이다.

책 쓰기를 하지 않았다면 지금의 나는 존재하지 않았을 것이다. 아마 백수 무직자로 두 아이의 아빠로 힘겹게 살아가고 있을지도 모른다. 부산의 어느 이름 없는 동네에서 조용히 돈도 없이, 명예도 없이, 일자리도 없이, 기가 죽은 채로 절망하면서, 무기력과 우울감에 찌든 채, 살아가고 있을지도 모른다.

하지만 책 쓰기를 시작한 덕분에 지금은 전혀 다른 삶을 살고 있다. 10년 전 백수, 무직자가 이제는 의젓한 회사 대표로, 베스트셀러 작가로, 독서법 창안자로 살아가고 있다.

대기업 직원과 작가 중에 어떤 직업이 더 좋을까? 물론 독자들은 마음껏 상상할 수도 있고, 추리를 해 볼 수도 있다. 하지만 필자만큼 정확히 알 수는 없을 것이다. 왜냐하면 필자는 대기업 직원으로 11년을 직접 살아봤고, 작가로 11년 이상을 직접 살아오고 있는 독특한 경력을 가지고 있는, 보기 드문 사람 중의 한 명이기 때문이다.

　　삼성전자에서 휴대전화 연구원으로 11년을 살았고, 작가로서 11년 이상을 살았고, 지금도 살아가고 있다. 대기업 직원이 좋을까? 아니면 작가가 좋을까? 다시 태어난다면 무엇을 또다시 선택할까? 필자의 대답은 무조건 작가다. 대기업을 11년 다니면서 이룬 성과와 성공보다, 책 쓰기를 11년 하면서 이룬 성과와 성공이 더 많고 크기 때문이다.

　　대기업 직원은 50대 전후로 나와야 하고, 평생 현역을 절대 할 수 없다. 연봉도 정해져 있고, 경쟁이 심하고, 일주일 내내 회사에 헌신해야 한다. 개인의 삶이 많이 없어지고, 저녁이 없는 삶을 살아야 한다. 주말도 없을지도 모른다.

　　대기업 임원이 되기 위해 주말도 반납하며 일하다가 임원이 되는 순간, 이제는 주말과 휴가까지 다 반납하며 더 헌신해야 퇴출당하지 않는다. 대기업 임원이 되면 더 불안한 것이 있다. 임기가 매년 1년 계약이라는 점이다. 즉 언제 나와야 할지 모른다. 중년과 노년의 가장 큰 위기가 실업이고, 가장 어려운 점이 퇴직 후의 삶이다.

멀쩡하게 건강하게 회사를 잘 다니던 중 노년이 퇴직하는 순간부터 몸이 여기저기 아프고, 건강을 잃고, 재산까지 잃는 경우가 허다하다. 그만큼 일을 한다는 것, 현역으로 뛴다는 것은 비단 월급만의 문제가 아니다.

사회적으로도, 심리적으로도 그리고 건강 측면에서도 매우 중요한 일이다. 그런데 책 쓰기를 할 수 있는 기술과 비법, 경험을 가진 사람은 정말 이 모든 위험에서 벗어난다.

평생 현역으로 뛸 수 있는 최고의 직업이 책을 쓰는 작가이기 때문이다. 독자들에게 이 말을 꼭 하고 싶다.

"책 쓰기가 인생에 이렇게 도움이 될 줄이야!"

인생에 이렇게 도움이 될 줄은 몰랐다. 그저 생계 수단으로, 혹은 하나의 직업으로 책 쓰기를 생각하는 사람들이 많을 것이다. 하지만 책 쓰기는 그 이상이다. 책 쓰기는 정말 인생에 도움이 된다.

물론 처음에는 세상만사가 다 어렵고 낯설다. 대학생이 졸업하고, 첫 직장에 들어가면 처음 몇 년 동안은 모든 일이 어렵고 낯설지 않은가? 하지만 5년이 지나서 중견 사원이 되면 그때부터는 어느 정도 프로다운 면모를 보여 줄 수도 있고, 나름대로 회사에 기여도 할 수 있다.

회사에 갓 들어간 신입사원일 때는 모든 업무가, 사람을 만나고 대하는 것조차도, 정말 힘들고 어려운 것들이 아닌가? 적응하고 제대로 업무를 하기까지는 큰 노력과 기간이 필요하다. 세상의 모든 일이 그렇다.

이런 측면을 생각하면 책 쓰기만큼 상대적으로 쉽고 수월한 일도 또 없다. 신입 작가일 때도, 베스트셀러 작가일 때도 업무는 늘 동일하기 때문이다. 작가의 삶을 살기 시작하면 하루 종일 도서관에 가서, 책을 마음껏 많이 읽고, 책을 자유롭게 쓰고 싶을 때, 쓰면 된다. 당신을 괴롭히는 직장 상사도 없고, 인사 고과도 없다.

사람을 만날 필요도 없고, 까다로운 상사의 비위를 맞출 필요도 없고, 이런저런 일정표를 확인해야 할 필요도 없고, 가기 싫은 출장을 가거나 야근이나 회식할 필요도 없다.

작가는 자신이 왕이고, 대기업 대표고, 대통령이다. 최소한 자기 삶에 있어서는 자기가 주도권을 쥐고, 결정권을 행사할 수 있다. 언제 휴가를 갈지, 언제 일을 할지, 언제 독서할지, 언제 취미생활을 할지, 언제 어떤 운동을 할지, 이 모든 것을, 스스로 자신이 선택하고 결정하면 된다. 눈치를 봐야 할 상사도 부장도 없다.

책 쓰기는 직장이라는 한정된 공간과 출퇴근 시간, 업무 시간이라는 제한된 공간과 시간에서 벗어날 수 있게 해 준다. 알다시피 필자는 11년 동안 삼성에서 직장 생활을 해 본 경험이 있다. 대기업에서 휴대폰 연구원으로 11년 동안 직장 생활을 해 본 사람이 작가로 사는 삶을 11년 이상 하고 나서 느낀 점이 무엇일까? 작가의 삶은 한마디로 너무나 자유롭다는 것이다.

책을 쓰는 직업은 시간과 공간으로부터 자유로워질 수 있다. 작가라는 직업이 가져다주는 최고의 선물은 시간과 공간의 제약에서 벗어날 수 있다는 점이다.

책 쓰기는 업무가 아니라 특권이며 축복이다

도서관은 그 누구도 차별하지 않고, 무시하지 않는다. 그래서 도서관은 천국이며 낙원이다. 도서관은 정말 인생에 큰 도움이 되는 힐링 장소이며 동시에 인생을 다시 일으켜 세우게 하는 스탠딩 장소인 셈이다.

그런 도서관에서 하루 종일 책만 쓸 수 있는 당신은 세상에서 가장 팔자 좋은 사람이다. 그래서 책 쓰기는 짐이 아니라 어떻게 보면 특권이며 은총이며 축복이다.

책 쓰기는 경제학자의 관점에서 봐도, 가장 경제적이며 가장 수지맞는 장사다. 투자 대비 수익률이 가장 높은 장사인 셈이다. 투자 금액은 거의 제로에 가깝고, 수익률은 최소 몇 배 최고 몇천만 배 이상이다. 세상에 이런 장사가 어디 또 있을까?

그렇다. 책 쓰기는 직업도, 업무도, 숙제도, 고통도 아니다. 그것은 재미며 즐거움이며, 기쁨이며, 유희다.

진짜 책 쓰기를 해 보지 않은 사람들에게는 하나의 직업이라고 할 수 있지만, 진짜 오롯이 책 쓰기의 기쁨과 즐거움을 누려보고 체험해 본 사람에게는 책 쓰기가 하나의 기쁨이며 취미이며 즐거움이며 축복이며 특권이며 은총이라는 사실을 세상 사람들은 왜 모를까?

세상에 그 무엇도 책 쓰기만큼 좋은 것이 또 있을까? 세상에 그 어떤 것도 부작용이 있다. 마약이나 파티나 도박이나 음주와 가무 모두 부작용이 이만저만이 아니다. 불법인 것은 당신을 교도소로 이끌 것이고, 불법이 아닌 것은 당신의 돈과 시간, 에너지를 축낼 것이며, 순간의 쾌락을 제공할지도 모르지만, 이런 것들은 당신에게 돈과 명예를 제공해 주지 않을 것이다.

심지어 당신에게 더 나은 삶을 살기 위한 지성과 생각과 의식 혁명과 발전과 성장을 절대 가져다주지는 못한다. 하지만 책 쓰기는 다르다.

책 쓰기는 당신에게 순간의 쾌락과 기쁨과 즐거움과 환희를 가져다주기도 하며 동시에 지적 성장과 발전이 함께 심지어 성공과 부와 명예까지 가져다준다. 이것뿐만이 아니다. 당신이라는 존재를 통해, 당신의 책을 통해, 인생을 바꾸고 더 나은 세상을 만드는 데 일조하는 그런 사람들이 탄생할 수 있다. 당신은 최소한 세상의 많은 사람들에게 크고 작은 영향을 주는 그런 위치와 영향력을 가지게 된다는 점이다.

메이지 유신 때, 근대 일본이 탄생하는 과정에서 단 한 권의 책이 결정적인 역할을 했다는 사실을 우리는 잊어서는 안 된다. 일본 지폐 10만 엔 권의 주인공인 후쿠자와 유키치의 [학문을 권함]이란 책이다. 이 책은 일본인들의 의식에 강력한 영향을 주었고, 그로 인해 근대 일본이 탄생하게 되었다.

속담에 "신은 부귀를 인간 그 자체에 주는 것이 아니라, 그 사람의 활동에 대한 대가로서 주는 것이다"라는 말이 있듯 단지, 학문에 힘써 사물의 이치를 잘 깨달은 인간은 훌륭한 사람이 되고 넉넉한 재산가가 되며, 학문이 없는 사람은 정신적·물질적인 어려움을 느끼게 되며, 보잘것없는 고된 삶을 살게 되는 것이다.

유키치가 말하는 학문에 힘써 사물의 이치를 잘 깨달은 인간은 어떤 사람일까? 여기에 가장 부합하는 인간은 책을 쓰는 사람이다. 책 쓰기를 하면 사람은 정확한 사람이 되며, 사물의 이치를 잘 깨닫게 되기 때문이다.

그래서 세계적인 명문대 하버드 대학교도 글쓰기를 중요하게 생각한다. 글쓰기는 단순히 자기 생각을 글로 표현하고, 상대방에게 효과적으로 전달하고, 설득시킬 수 있고, 감동을 줄수 있는 능력이 아니다. 그것은 세상과 사물의 이치를 잘 깨닫게 해 주는 능력이다.

실제로 하버드 대학교 교육학 리처드 라이트 교수는 하버드 대학생들의 성공 비결을 연구한 적이 있었다.

'똑같은 능력의 하버드대 학생인데도
왜 어떤 학생은 성공적인 대학 생활을 하고,
또 어떤 학생은 실패하게 되는 것일까?'

리처드 라이트 교수는 이 질문이 궁금했고, 이 질문에 대한 답을 16년 동안 찾았다. 16년 동안 하버드 학생 1,600명과의 인터뷰를 통해 대학 생활의 성공 비결 몇 가지를 발견했다. 그가 밝혀낸 성공 비결 중 하나가 놀랍게도 '글쓰기에 많은 시간과 노력을 들인다.'이다.

책 쓰기는 자신을 성장시키고 발전시킬 뿐만 아니라, 인생을 새롭게 바꾸어 준다. 그뿐만 아니라, 책 쓰기는 세상과 타인에게도 영향을 미친다. 책 쓰기는 모든 것을 바꾸어 놓는다. 책을 쓰면 인생이 바뀔 뿐만 아니라, 세상도 바뀔 수 있다. 책 쓰기의 이런 위력을 당신도 꼭 한 번은 경험해 봤으면 좋겠다. 그렇다.

책을 쓴다는 것은 인생을 바꾸고, 세상을 바꾸는 일이다. 《자조론》이라는 책으로 새뮤얼 스마일스는 영국인들에게 자조의 힘을 일깨워, 영국을 바꾸었다. 《가난한 리처드의 달력》이라는 책을 통해 벤저민 프랭클린은 미국인들에게 부와 성공에 이르는 힘과 지혜를 일깨워, 미국을 세계 최고로 부강한 나라로 바꾸어 놓았다.

한 개인이 한 국가의 운명까지도, 심지어 세상까지도 바꾸어 놓을 수 있게 해 주는 강력한 지렛대 역할을 해 줄 수 있는 유일무이한 것이 바로 책 쓰기다.

내가 쓴 책을 통해 한 나라의 운명이 바뀔 수 있다면 그것은 얼마나 영광스러운 일인가? 그 정도가 아니더라도 내가 쓴 책을 통해 한 사람의 운명이 더 낫게 개선되고 좋아진다면 그것도 나쁘지 않다. 보람 된 일이라고 할 수 있다.

책 쓰기는 이런 점에서 하나의 특권이다. 책을 쓰는 사람만이 누릴 수 있는 특권이다. 당신이 책을 쓰면 이런 어마어마한 특권을 스스로 쟁취하게 되고 활용하게 되고 누릴 수 있게 되는 것이다.

'인생을 달라지게 해 주는 것은 읽기뿐만 아니라 쓰기도 마찬가지다.

오히려 책 쓰기는 읽기보다 열 배 정도 더 강하다. 그래서 책 읽기가 나를 성장시켰다면, 책 쓰기가 내 인생을 송두리째 바꾸었다고 자신 있게 말할 수 있다.'

– 《김병완의 책 쓰기 혁명》 중에서

제 2 장

책을 쓰면
진짜 인생이
바뀐다

01

책을 쓰면 인생이 바뀐다

니체는 독서를 대하는 태도를 두 가지로 나누었다. 하나는 소가 밭을 갈듯 의미를 되새기고 또 되새기는 것이고, 또 다른 하나는 약탈하는 병사들이나 반대로 무기력하게 항복하는 패잔병처럼 읽는 것이다. 당신은 어떤 태도로 독서를 해 왔는가?

사실 내가 궁금한 것은 독서가 아니다. 그것은 바로 삶이다. 당신이 삶을 대하는 태도는 어떤가? 전자인가 혹은 후자인가? 상관없다. 이제 당신은 삶을 이전과 전혀 다르게 대해야 할 테니까 말이다.

세상에! 당신도 책을 써야 한다면 어떻게 할 것인가? 거짓말도 허풍도 협박도 아니다. 세상이 그렇게 바뀌었다. 당신만 몰랐다. 이제 당신도 정말로 실제로 책을 써야 한다. 책 쓰기 대중화 시대가 왔기 때문이다. 더 중요한 사실은 책을 쓰면 인생이 바뀐다는 사실이다. 이 말이 사실인지 아닌지 확실하게 알아보는 방법은 단 하나다. 평범한 당신도 책을 써 보는 것이다. 어떻게 할 것인가? 정말 당신은 책을 쓰지 않을 것인가? 책도 쓰지 않으면서, 독서는 왜 하는가?

이런 질문이 너무 황당하다고 한다면, 필자도 할 말은 없다. 하지만 60년대 우리 부모님 세대에서는 돈을 내고 학교에 다니게 하는 것이 무슨 유익이 있을까? 라고 의구심을 품었다. 교육의 효용성에 대해 의심하면서 농사일이나 집안일을 시키는 것이 비싼 돈을 주고 학교에 다니게 하는 것보다 이익이라고 생각했다. 하지만 의식과 사고가 발전해서, 지금은 누구나 지금 당장 농사일이나 집안일을 돕는 것보다는 학교에 다니는 것이 훨씬 더 필수고, 더 유익하다는 사실을 인식하고 있다. 이렇게 인간의 인식과 사고 수준, 의식 수준은 갈수록 발전하고 있다.

책 쓰기에 대해서도 마찬가지다. 과거에는 책 쓰기는 '특별한 사람만 하는 것이거나 작가라는 직업을 평생 해 온 사람만 하는 것이다'라는 생각이 팽배했다. 하지만 지금은 조금씩 달라지고 있다. 애 놓고 살기만 했던 평범한 가정주부도, 오랫동안 직장 생활만 했던 직장인도, 아이들을 가르치는 교사도, 직업 불문, 나이 불문, 성별 불문하고 책 쓰기를 하나의 부케처럼 하는 사람들이 늘어나고 있다.

하지만 그렇게 놀라워하거나, 책 쓰기를 두려워할 필요는 없다. 한숨을 쉬거나, 인상을 쓸 필요는 더더욱 없다. 책을 쓴다는 것이 당신의 생각처럼 그렇게 어렵거나, 힘이 무척 많이 드는 것이 아니기 때문이다. 책 쓰기에 관한 당신의 어렴풋한, 막연한 생각은 틀렸다. 책 쓰기가 당신의 생각처럼 그렇게 힘들고 어렵고 거창하고 멋진 일은 아니라는 사실을 곧 알게 되고 체험하게 된다. 심지어 이 책만 읽어도 이 사실을 제대로 알 수 있게 될 것이다.

현실을 회피하고 도망갈 생각은 하지 마라. 이제 당신도 책을 써야 한다. 그것이 지상 명령이다. 왜냐고? 세상이 그렇게 돌아가기 때문이다. 자, 과거를 생각해 보자. 과거라고 해서 수백 년 전을 이야기하는 것은 아니다. 딱 50년 전으로만 되돌아가 보자.

그때는 독서하는 사람과 하지 않는 사람이 있었을 것이다. 그때 독서를 한 사람은 어떻게 되었을까? 대표적인 인물이 정주영 회장이 아닐까? 독서를 하지 않은 사람은? 대표적인 인물이 바로 당신과 우리가 알고 있는 평범한 어르신들이다.

이 격차는 지금 독서 대신 책 쓰기로 바뀌었다는 사실을 알아야 한다. 책 쓰기를 할 것인가? 싫다고! 싫어도 할 수 없다.

이제! 맙소사. 책 쓰기는 선택이 아니라, 당신도 해야만 하는 것이 되었다.

갈수록 압박은 더 심해질 것이고, 빨리 항복해서 책을 쓰는 것이 훨씬 더 편한 삶을 선택하는 현명한 방법이라고 미리 말해 주고 싶다.

이 말을 명심하자.

"publish or perish" (쓰든가 아니면 사라지든가)

책을 쓰면 번성하고, 성공하고, 인생이 바뀐다. 책을 쓰지 않으면, 망하고, 사라지게 된다.

사람은 쓰기를 통해 어제 살았던 인생보다 더 강한 인생을 만들어 나갈 수 있다. 글쓰기를 통해 참담한 현실을 극복하고 위대한 삶을 살았던 사람들은 한두 명이 아니다. 장애 삼중고로 비참한 현실과 싸워야 했던 헬렌 켈러 여사도 그렇고, 흑인 여성 지도자 마야 엔젤루도 그렇다. 그들의 인생을 바꾼 것은 글쓰기였다. 유배지로 내려간 다산 정약용을 일으켜 세운 것은 글쓰기였다. 하루아침에 사형수 처지가 되어 사랑하는 가족과 부와 명예를 모

두 잃어버리고 단 하나의 희망조차 품을 수 없었던 보에
티우스를 강하게 해 준 것 역시 글쓰기였다.

– 《김병완의 책 쓰기 혁명》, 84쪽.

책 쓰기는 단 하나의 희망조차 품을 수 없었던 사형수를 다
시 일어나게 해 준다. 장애와 비참한 현실을 극복하고 인생을
성공적으로 살게 해 준다. 유배지로 내려가야 하는 인생도 다
시 일어서게 해 준다.

"자신을 넘어선 사람이 책을 쓰는 것이 아니라,
책을 쓰는 사람이
자신을 넘어설 수 있게 되는 것이다."

그렇다. 필자가 지난 10년 동안 가장 많이 외친 말 중에 하
나다. 성공한 사람, 똑똑한 사람, 자신을 뛰어넘은 사람이 책을
쓰는 것이 아니다. 책을 쓰면, 성공하게 되고, 똑똑해지고, 자
신을 뛰어넘을 수 있게 된다.

명심하자. 이미 성공한 사람, 위대한 사람, 잘난 사람, 재주
있는 사람만이 책 쓰기를 할 수 있는 것이 아니다. 오히려 그렇
지 못한 사람, 필자처럼 백수 무직자이기에 책 쓰기를 통해 인

생을 바꿀 수 있고, 재주 있는 사람이 될 수 있고, 자신의 한계를 넘어설 수 있게 되는 것이다.

책 쓰기만큼 강력한 성공 도구도 없다. 책 쓰기는 사람을 성장시키고 발전시키고, 전혀 다른 존재로 만들어 버린다. 이것이 책 쓰기의 위력이며, 효과다.

책을 쓰는 자가 성공하고 인생을 풍요롭게 업그레이드할 수 있다. 책을 쓰는 자는 새로운 인생을 창조하고, 자신의 인생을 바꿀 수 있다.

당신은 이런 삶을 경험해 본 적이 있는가? 책 쓰기를 통해 인생이 달라진 그런 삶을 살아본 적이 있는가? 책 쓰기를 통해 성공하고, 성장하고, 발전한 삶을 살아본 적이 있는가? 당신은 그런 삶이란 것이 도대체 어디 있느냐? 라고 반문할지도 모른다. 하지만 당신이 알고 있는 성공한 모든 사람은 대부분 책 쓰기를 통해 인생이 달라진 사람들이라면 어떨까? 이런 사실을 당신만 모르고 있다면 또 어떨까?

우리는 책 쓰기의 놀라운 위력을 알아야 한다. 성공한 정치가들, 성공한 기업가들, 성공한 학자들, 성공한 사람들은 모두 책 쓰기를 했다. 책 쓰기를 통해 그들은 인생을 업그레이드했고, 자신을 권위자로, 혹은 전문가로 만들었다. 책 쓰기를 통해 그들은 새로운 인생을 창조하고, 자신의 인생을 바꾸었다.

책 쓰기는 인생을 효율적으로 만들어 주고, 삶의 주인으로 살게 해 준다. 책 쓰기는 이런 점에서 인생 혁명이라고 할 수 있다. 또한 책 쓰기는 콘텐츠 시대에 독창적인 자기만의 콘텐츠를 만들어 준다. 책 쓰기는 중년에게도 좋지만, 노년이 될수록 그 가치는 더 높아진다. 인생 최고의 노후 대책이기 때문이다.

책 쓰기는 상처와 아픔을 치유하는 최고의 힐링이며, 흔들리지 않는 강한 인생을 만들어 준다. 책 쓰기는 진짜 자신을 발견하는 자기 발견이며, 자아 완성이다. 그런 점에서 책 쓰기는 최고의 자기 계발이다.

책 쓰기의 본질은 성장과 변화다. 책 쓰기를 하기 전과 후, 변화되고 성장한 자신을 비교해 보라. 얼마나 자부심이 느껴지는가? 10년이 지나도 변화가 없는 사람도 있다. 하지만 책 쓰기를 시작하면, 1~2년 사이에 성장과 변화를 온몸으로 느낄 수 있다.

책을 쓰면 인생이 바뀌는 이유

책을 쓰면 왜 인생이 바뀔까? 책을 쓰면 인생이 바뀌는 이유가 무엇일까?

책을 쓰는 과정은 당신의 사고를 깊고 넓게 만들어 준다. 즉 책 쓰기는 당신의 생각을 구조화하고, 체계화한다. 글을 쓰는 과정은 당신의 생각을 정리해 주고, 구조화해 주어, 콘크리트처럼 단단하게 만들어 준다.

책을 쓰는 과정은 머릿속의 복잡한 생각들을 논리적으로 연결해 주며, 자연스럽게 구조화되게 해 주어, 하나의 체계를 형성하게 된다. 이 과정을 통해 하나의 철학이나 사상이 탄생하게 되는 것이다.

당신이 무엇인가를 제대로 이해하고 알고자 한다면, 글을 쓰면 된다. 글쓰기가 사고를 구조화하고 체계화하여, 사고를 정확하게 만들어 주기 때문이다. 그래서 베이컨은 자신의 책 《수상록》 '공부에 관하여'에서 글을 쓰는 것에 관해 아주 중요한 통찰을 남겼다.

> "독서는 풍부한 사람을, 담론은 용의주도한 사람을,
> 글을 쓰는 것은 정확한 사람을 만든다."

이런 통찰을 한 현인들은 우리가 살고 있는 현시대에도 존재한다. 우리나라 EBS TV다큐멘터리 '최고의 교수' 편에 소개된 예일대학교 물리학자 샹커 교수다. 그가 가지고 있는 책 쓰기에 대한 견해는 놀랍다.

> "책을 쓰다 보면 내가 무엇을 알고, 무엇을 모르는지가 명확히 드러난다. 그래서 나는 무언가를 제대로 알고 싶을 때 책을 쓴다. 집필 과정에서 나 또한 배워가는 것이다. 책을 쓰고 나면 학생들에게 내가 새롭게 이해한 부분에 관해 설명해 주고 싶어 몸이 근질거린다."

그의 말처럼, 책을 쓰는 과정은 배움의 과정이며, 내가 무엇

을 알고 있고, 또 무엇을 모르고 있는지를 명확히 깨닫게 된다. 그래서 제대로 알고 싶을 때 그는 책을 쓴다고 말한다.

책을 쓰면 우리의 인생과 경험을 더 깊게 되돌아보고 살펴볼 수 있게 된다. 이 과정은 우리의 삶을 더 풍요롭게 해 주고, 인생을 두 번 살게 해 준다. 인생을 두 번 사는 사람은 삶의 경험과 교훈과 지혜가 더 깊어지는 것은 당연한 일이다.

책을 쓰는 과정을 통해 우리는 내면의 깊은 곳을 가감 없이 마주하게 된다. 책을 쓰면 무엇보다도 자신을 제대로 알게 된다. 자기 자신을 정확히 아는 것은 매우 중요하다. 우리는 세상과 타인이 제시하는 사회적 평가와 기준과 요청과 기대에 쉽게 흔들리고, 무시할 수 없는 큰 영향을 받는다. 하지만 자신을 제대로 아는 사람은 쉽게 휘둘리지 않는다. 무게 중심을 잡을 수 있고, 자신의 길을 발견하고, 그 길을 당당하게 걸어갈 수 있다.

책을 쓴다는 것은 또한 세상과 타인에 휘둘리지 않으면서, 건강한 소통을 가능하게 하는 길이다. 나를 제대로 이해하고, 정확히 아는 것은 타인을 이해하고 아는 길이기도 하다. 책 쓰기를 통해 진짜 나를 제대로 만나게 되면, 그로 인해 세상과 타인을 이해하게 되고, 비로소 알게 된다. 그로 인해 진정한 소통이 가능하게 된다.

책을 쓰는 과정을 통해 우리는 무엇보다 자신을 더 깊이 이해하게 되고, 그로 인해 삶의 의미와 목적이 명확해진다. 이렇게 되면, 인생이 변하는 것은 당연한 순서다. 이렇게 되었는데도 인생이 변하지 않는다면, 그것은 불가사의한 경우가 될 것이다.

책을 쓰면 인생이 바뀌는 이유 중 하나는 책 쓰기만큼 강력한 성공 도구이자 인생 무기는 없기 때문이다. 책을 쓰는 일은 당신을 전문가로 만들어 주고, 세상과 타인이 따라올 수 없는 격차를 만들어 주며, 궁극적으로 브랜딩을 만들어 준다. 책을 쓰면 세상과 타인이 무시할 수 없는 내공이 생긴다.

필자는 다른 저서 《김병완의 책 쓰기 혁명 중에서》에서 이런 말을 한 적이 있다.

> "전문가가 책을 쓰는 것이 아니다. 책을 쓰면 전문가가 되는 것이다.
> 성공한 사람이 책을 쓰는 것이 아니다. 책을 쓰면 성공한 사람이 되는 것이다.
> 자신을 넘어선 사람이 책을 쓰는 것이 아니다. 책을 쓰는 사람이 자신을 넘어서는 것이다."

그렇다. 책 쓰기는 자신의 수준을 뛰어넘게 해 준다. 그래서 책 쓰기는 최고의 공부며, 성장 도구이다.

책을 쓰면 80% 이상, 즉 대부분이 인생이 바뀐다. 하지만 세상에 100%는 없다. 10~20% 정도는 책을 쓴다고 해도, 인생이 바뀌지 않는다. 즉 책 쓰기를 해도 전문가가 되지 않고, 성공하지도 않고, 자신을 넘어서지도 않는다. 그 이유는 무엇일까? 그것도 알아보자.

왜 누구는 책 쓰기를 통해 인생 역전을 멋지게 하는 데, 왜 어떤 사람은 아무리 책 쓰기를 해도 인생 역전이 안 되는 것일까? 그 이유는 무엇일까? 세상은 생각보다 정확하고 모든 것은 다 이유가 있다.

첫 번째 이유는 바로 이것이다. 책 쓰기를 일회성으로, 단타로 끝내기 때문에 인생이 바뀌지 않는 것이다.

예를 들어보면, 힘들고 어렵게 책을 한 권 자신의 이름으로 출간했다고 하자. 대부분 책이 조금 팔리다가 그친다. 운이 좋게도 5,000부에서 1만 부 정도 팔렸다면 분야별 베스트셀러에 잠깐 올랐을 것이고, 그 이상도 그 이하도 아니다. 이것도 굉장히 좋은 성적이라고 볼 수 있다. 출판시장은 갈수록 안 좋아지고 있다. 왜냐하면 순전히 한국인들이 책을 점점 안 읽기 때문이다. 생애 첫 번째 책이라면 5,000부 이상 팔렸다고 하면, 야구로 치면, 2루타 정도는 친 것이라고 말하고 싶다. 실제로 그렇다.

하지만 이렇게 좋은 성적을 거두어도, 당신이 일회성으로 책을 한 권 출간했다고 하면, 당신은 냉정하게 이야기해서, 잠깐 대중들에게 보였다가 사라지게 되고, 더 이상 작가로 기억되지 않는다. 아무도 당신의 이름을 기억하지 못한다. 반면에 10년이라는 기간 동안 꾸준히 1~2년에 한 권씩 책 쓰기를 하게 되면, 당신의 인생은 반드시 그 과정 중에 바뀌게 된다. 한 권이 출간되었을 때는 티도 나지 않고, 아무도 모른다. 하지만 꾸준히 10권 정도가 출간되면, 누적효과로 인해, 당신의 내공이 쌓이게 된다. 중요한 것은 끈기와 노력, 즉 '그릿'이다. 수적천석이란 말도 있지 않는가?

맞아도 아프지도 않고, 힘없는 그런 물방울이 엄청나게 단단한 바위에 구멍을 낼 정도로 누적이 되면 상상 이상의 힘을 발휘하게 되는 것이다. 책 쓰기는 바로 수적천석이다.

양이 질로 변하는 양질 전환의 법칙이 그대로 적용이 될 뿐만 아니라, 임계점의 법칙도 그대로 적용이 되어, 열 번째 출간 도서는 책 쓰기의 티핑 포인트가 되어 당신의 인생을 극적으로 바꾸게 해 줄 것이다. 믿거나 말거나! 어쨌든 그렇게 인생이 바뀐 사람이 필자처럼 수도 없이 많다.

두 번째 이유는 너무 차원 높은 책을 썼기 때문이다. 이것이 무슨 소리냐고? 책을 쓰는 작가가 자신도 무엇을 쓰고 있는지도 모를 만큼 차원이 높은 책을 쓰게 되면, 이 책은 절대 팔리지도, 읽히지도 않는다는 말이다. 결국 독자의 마음을 울릴 수도 없고, 열광하게 만들 수도 없다. 결국 책을 출간했지만, 출간을 안 한 것과 다름없는 이상한 현상이 발생하는 것이다.

목표는 너무 낮게 잡는 것이 가장 큰 문제이고, 책 쓰기는 너무 차원 높게, 너무 수준 높게 쓰는 것이 가장 큰 문제다. 최고의 책 쓰기는, 가장 좋은 책 쓰기는 독자 수준에 맞추어 쓰는 것이다. 그렇게 하기 위해서는 차원을 낮추어 독자의 눈높이에 맞게 독자의 언어로, 독자의 머리로 책을 써야 한다는 사실을 명심하자.

세 번째 이유는 자신이 아닌 타인의 것을 훔쳤기 때문이다. 즉 타인의 책을 쓰지 말고 자신의 책을 쓰라는 것이다. 많은 작가가 자신의 이야기를 쓰지 않고 타인의 이야기, 타인의 지식, 타인의 경험을 책 속에 담으려고 한다. 왜냐하면 그것이 좀 더 안전하고 편하기 때문이다. 하지만 그렇게 하면 절대 독자들이 생기지 않는다.

작가는 책이 아니라 자기 자신을 팔아야 한다. 그런데 책 속에 자신의 이야기와 경험이 없고, 타인의 이야기와 경험만 있다면, 그것은 타인의 책이지, 절대 자신의 책이라고 할 수 없으며, 바로 그런 이유로 당신에게는 독자들이 생기지 않는 것이다. 이렇게 독자들이 없는 작가를, 무늬만 작가라고 한다.

작가에게 독자와 팬은 재산과 같다. 그런데 책을 많이 출간했음에도 독자와 팬이 하나도 없는 작가가 있다면, 그 사람은 책 쓰기로 인생이 바뀌지 않는 대표적인 전형이다. 무늬만 작가가 되지 않기 위해서는 책 속에 자신의 이야기와 생각과 경험을 담아야 한다. 그것도 제대로, 효과적으로 담아야 한다. 그래서 책 쓰기 기술이 어느 정도는 필요한 것이다. 그리고 그것이 스토리텔링의 기본 원리다.

이미 나와 있는 책들과 비슷한 콘셉트의, 비슷한 내용의, 비슷한 주장의 책은 절대로 당신의 인생을 바꾸지 못한다. 책 자체가 가진 힘이 부족하기 때문이 아니라 이미 다른 책들이 그 힘을 다 사용해 버렸기 때문이다. 그래서 당신은 이미 나와 있는 책들과 다른 내용, 다른 성격, 다른 콘셉트, 다른 주장의 책을 써야 한다. 그런 책은 바로 당신의 이야기와 경험이 담긴 당신만의 책이 될 확률이 매우 높다. 그런 책이 힘이 있고, 수명이 길고, 잘 팔리게 되고, 독자들이 많이 생기는 것이다.

책 쓰기를 해도 인생이 바뀌지 않는다면, 책 쓰기 자체가 잘못이 아니라 책 쓰기를 한 당신의 잘못이다. 책 쓰기라는 어마어마하게 강력한 성공 도구를 사용했음에도 성공하지 못했다는 것은 전적으로 당신의 어설픔 때문이다. 단도직입적으로 당신이 책 쓰기를 잘못 했기 때문입니다. 책 쓰기를 제대로 하면 인생은 반드시 바뀐다.

백 보 양보해서, 책 쓰기를 해도 인생이 바뀌지 않는다고 해도, 당신이 책 쓰기를 지금 당장 시작해야 할 이유는 차고 넘친다. 너무나 많다. 쓰기를 잘 하면 대학 입학도 잘할 수 있고, 사회에서 성공도 잘할 수 있다.

> "영국 옥스퍼드 대학 올소울즈 칼리지는 시험에 합격한 우수한 이들이 모여서 공부하는 단과대학인데, 지원자들은 '키워드로 에세이 쓰기'를 통해 선발된다. 그게 어떤 단어든 그 단어 하나를 토대로 세 시간 동안 에세이를 쓰는데, 이 시험만으로 지원자의 지식과 창조적 능력을 가늠한다. 널리 알려진 대로 서양의 제도권 교육은 쓰기 훈련에 매우 오랫동안 매달려 왔다. 개인과 사회의 지적 경쟁력을 제고하는 데는 지식과 경험을 조직화하여 언어로 창조해 내는 쓰기만 한 능력이 없음을 오랜 경험으로 알았기 때문이다."
>
> — 송숙희, 《글쓰기의 모든 것》, 17쪽.

그렇다. 쓰기를 잘 한다는 것은 단순한 문제가 아니다. 그것은 그 이상이다. 쓰기를 잘하는 사람은 창조성과 상상력과 표현력과 지성이 뛰어난 사람이다. 책 쓰기는 이런 모든 능력을 훈련하고 발전시킬 수 있는 가장 좋은 과정이다. 또한 책 쓰기는 가장 효과적인 성공 도구다. 성공의 비결은 한둘이 아니다. 어떤 사람은 근면 성실을 가장 중요한 성공 비결이라고 하고, 또 어떤 이는 훌륭한 인간성과 성품이 그것이라고 말한다. 또 어떤 이는 사회성과 좋은 인간관계라고 하기도 한다. 또 어떤 이는 화려한 학벌과 실력이라고 하기도 한다. 독자들은 어떤가? 무엇이 가장 중요한 성공 비결일까?

독자들이 생각하는 가장 스마트한 성공 비결은 무엇인가? 필자는 책 쓰기라고 생각한다. 책 쓰기를 통해 인생이 완전하게 달라진 사람들, 글쓰기를 통해 생각도 못 한 성공과 명예와 부를 획득하게 된 사람들이 한둘이 아니기 때문이다.

책을 쓰지 않았다면 버락 오바마 대통령은 대통령에 당선되지 못했을 것이다. 그의 책이 세상에 출간되어 그를 세상에 알리지 않았다면, 그는 대통령 후보의 자리까지도 가지 못했을 것이다. 책 쓰기를 통해 그는 결국 흑인 최초의 미합중국 대통령이 될 수 있었다. 만약에 그가 책 쓰기를 하지 않았다면, 그의 인생은 평범한 흑인 변호사에 머물러야 했을 것이다.

우리가 잊어서는 안 되는 사실은 책을 쓰면 쓸수록 당신은 성공에 더 가까이 다가가고 있다는 점이다. 책 쓰기는 당신을 탁월하게 만들어 준다. 당신의 생각과 사고의 수준과 차원이 도약하고, 그 결과 인생이 드높아진다.

03

책 쓰기에 대한 망상은 버려라

책 쓰기에 휘둘리지 않고, 방전되지 않고, 지치지 않고, 노예가 되지 마라. 당신은 책 쓰기를 주도해야 하고, 힐링이 되고, 스탠딩이 되며, 에너지를 더 받아야 하고, 주인이 되어야 한다. 그것이 원래 당신의 모습이다.

그렇게 되기 위해서는 당신이 가지고 있는 어설픈 책 쓰기에 대한 망상을 버려야 한다. 그것이 먼저다. 책 쓰기의 망상은 어떤 것이 있을까?

먼저 독자의 평가에 대한 과도한 염려다. 독자들이 내 책을 읽고, 너무 심하게 혹평을 하면 어떻게 하지라는 걱정을 먼저 한다. 책은 자신의 삶과 생각을 당당하게 세상에 노출하는 행위다. 세상 모든 사람이 당신을 좋아하지는 않는다. 당신을 좋아하는 사람이 있다는 것은 싫어하는 사람도 있다는 말이다. 동전의 양면처럼 말이다. 그래서 때로는 미움받을 용기도 작가에게 필요하다.

작가는 태산이 되어야 하고, 바다가 되어야 한다. 세상의 비난이나 혹평에 연연해서는 안 된다. 더불어 세상의 칭찬과 찬사에도 무덤덤할 수 있어야 한다. 이것이 작가의 내공이다. 태산이 태산인 이유는 좋은 날씨만을 수용하는 것이 아니기 때문이다. 짓궂은 날씨는 말할 것도 없고, 눈보라와 태풍, 그 어떤 것도 거부하지 않기 때문에 태산이다. 바다가 바다인 이유도 이와 다르지 않다. 그 어떤 것도 다 수용하기 때문에 바다이다.

작가는 세상과 타인의 말에 초연해야 한다. 프로이트처럼 말이다. [꿈의 해석]을 통해 인류에게 무의식의 세계를 의식하게 해 준 그는 평생 세상으로부터 비난을 받으면서 초연하게 살았던 인물이다. 그는 논문을 발표할 때마다 '쓰레기 같은 저질 의사의 저질 논문'이라는 혹평을 받아야만 했다. 하지만 그는 포기하지 않았고, 흔들리지 않았다. 그는 세상과 타인이 어떤 말을 해도, 초연하게 자신의 길을 묵묵히 걸어 나갔다. 이것이 작가에게 필요한 자세다.

그러므로 세상의 비난과 혹평에 조금도 연연해하지 않아도 된다. 세상이 심한 소리를 할수록 당신은 더 강해진다.

두 번째는 기대치가 너무 높은 문장력에 대한 망상이다. 책을 쓰는 작가는 모두 완벽한 문장력 혹은 독자를 사로잡을 수 있는 탁월한 문장력을 갖추고 있어야 한다고 생각한다. 그것은 오판이다. 과도하게 멋을 부리고, 화려하고 세련된 문장이 좋은 문장이 아니라, 간결하고 명료하고 정확한 문장이 좋은 문장이다. 이런 문장은 조금만 연습하고 훈련하면 쉽게 고칠 수 있다. 하지만 일반인들은 쉽게 고칠 수 있는 일도 경험이 없고, 실력이 없어서, 평생 해도 제대로 고쳐지지 않는다. 그래서 어렵다고만 생각한다. 문장을 제대로 쓸 수 있는 전문가에게 배우고 코칭을 받으면, 한두 달이면 누구나 간결하고 명료하고 정확한 문장을 쓸 수 있다.

책 쓰기는 문장력에 좌우되지 않는다. 문장력이 없어도, 훌륭한 작가가 될 수 있다. 책 쓰기에 있어서 문장력은 빙산의 일각에 불과하기 때문이다. 책 쓰기라는 빙산의 몸체는 문장력이 아니라, 기획력, 구상력, 구성력, 창조력, 사고력과 자신의 삶의 경험과 사유의 깊이이기 때문이다.

남과 다른 인생을 살았던 이는 그만큼 책 쓰기를 더 잘할 수 있다. 남과 다른 사유를 한 사람은 독창적인 책 쓰기를 그만큼 더 잘할 수 있다. 하지만 문장력만 뛰어나다고 해서 좋은 책을 쓸 수 있는 것은 절대 아니다.

성공 철학서의 걸작으로 꼽히는 나폴레온 힐의 [생각하라 그리고 부자가 되어라]라는 책을 이야기해 보자. 이 책은 1억 2천만 부가 판매되었다. 이 책이 이렇게 오랫동안 많은 이들에게 사랑을 받은 이유는 무엇일까? 분명한 사실은 절대 문장력 때문은 아니라는 점이다. 이 책의 성공 요인은 문장력이 아니라, 작가의 남다른 통찰과 탁월한 사유 때문이다.

"가난과 부는 당신의 마음에 달려있다. 부자가 되고
싶다면, 부를 끌어당기는 마음가짐을 가져라!"

"스스로 한계를 인식하지 않는 한, 우리 마음에
한계는 없다."

그렇다. 좋은 책은 문장력이 아니라 작가의 삶과 생각에서 결정된다. 힐의 말처럼, 부와 성공은 우리의 마음에 달려있다. 마찬가지로 책 쓰기도 당신의 마음에서 시작되어야 한다. "나 같은 사람은 책 쓰기를 할 수 없어, 나 같은 평범한 사람이 무슨 책을 써?" 이런 생각은 당신을 평생 가난하게 살고, 성공하지 못 하게 하고, 한계를 만드는 생각이다. 당신을 실패와 가난이 아닌, 성공과 부로 이끄는 생각을 해야 한다.

세 번째는 책을 쓰는 즉시 성공하고, 인생이 바뀐다고 생각한다. 하지만 이것은 망상이다. 물론 책을 쓰는 즉시 성공하고 인생이 바뀐 사람도 있다. 하지만 이것은 특별한 경우다. 대부분 성공의 경우에는 시간이 조금 걸린다. 성공을 위해서는 지속해서 꾸준히 책을 쓰는 것이 필요하다. 이런 점에서 책 쓰기는 노후를 위한 가장 좋은 대비책이기도 하다.

책 쓰기에도 복리 효과가 나타난다. 젊었을 때, 책을 쓰면 두고두고 그 효과를 볼 수 있다. 책 쓰기를 은퇴 후에 해도 안 하는 것보다는 백배 낫지만, 직장 생활을 하면서 틈틈이 책을 쓴 사람은 은퇴 후에 본격적으로 도약할 수 있고, 그 효과를 누릴 수 있다.

책을 한 권 쓴다고 지금 당장 인생이 바뀌지는 않지만, 책을 쓰지 않으면 절대로 인생이 바뀌지 않는다. 인생은 길게 멀리 내다보고 준비해야 한다. 인생은 장기전이다. 특히 지금은 100세 시대다.

《논어》위령공 편에 "인무원려 필유근우(人無遠慮 必有近憂)"라는 말이 있다. 사람이 멀리 내다보지 못하면, 반드시 가까운 데 근심거리가 생기기 마련이다. 책 쓰기가 필요한 이유를 아주 잘 설명한 말이라고 생각한다.

어떤 회사도, 어떤 기술도, 당신의 미래까지 보장하지 않는다. 근시안적인 사람은 현재의 직장 생활에 만족하고, 앞으로 도 문제없다고 말한다. 하지만 현실은 다르다. 당신이 현실에 만족하고, 안주하고, 위기를 느끼지 못할 뿐이다.

당신의 실력과 경력이 인생까지 책임져주지 않는다. 경력자는 차고 넘치지만, 전문가는 적다. 좋은 직장에 지금 다니고 있다는 사실에 안주해서는 안 된다. 안주하고 있다면, 나이는 먹어가고, 경력은 쌓일지 몰라도, 제2의 인생을 보란 듯이 살아낼 수 있는 자기 브랜드와 역량은 만들지 못하고 있을지도 모른다. 회사에 의지하지 않고, 당당하게 살아갈 자기 브랜드가 있어야 하고, 자기만의 무기가 있어야 한다.

그런 점에서 미래가 아닌, 지금 바로 이 순간, 우리에게 가장 필요한 무기는 책 쓰기다. 책 쓰기는 멀리 내다볼 수 있게 해 주고, 폭넓게 깊게, 생각할 수 있게 해 준다. 책 쓰기는 남은 50년 동안 평생 현역으로 살아갈 수 있게 해 준다.

네 번째는 독자와 주제 선택의 망상이다. 책 쓰기를 처음 시작하는 이들은 독자의 대상을 전 연령층으로 생각하고, 모든 사람에게 사랑받는 주제를 막연하게 생각한다. 이것은 책 쓰기를 망치는 이유 중에 하나다. 세상에 모든 사람에게 사랑받는 책은 없다. 노벨상 수상 작품이더라도 읽기 힘들거나 정서가 맞지 않아서 이해하지 못하는 사람, 심지어 읽어 내려갈 수 없는 사람도 적지 않다. 세계 최고의 문학상인 노벨문학상 작품도 모든 독자에게 사랑받을 수는 없다.

책 쓰기의 망상만 없다면, 당신도 책 쓰기를 좀 더 즐겁게 신나게 잘할 수 있을 것이다. 책 쓰기의 주인이 될 것인가? 노예가 될 것인가? 그것은 전적으로 당신에게 달려있다. 책 쓰기를 통해 당신을 지키고, 인생을 바꾸느냐 아니면 책 쓰기로 인해 당신이 흔들리고, 상처를 받고, 지치고, 화가 나느냐 하는 것이다.

어제와 별반 다를 바 없는 오늘을 살게 해 주는 그런 시시한 책 쓰기가 아니라 당신은 눈부신 내일을 맞이하며 환희에 찬 오늘을 살게 해 주는 그런 책 쓰기를 꿈꾸고 있는지도 모른다.

하지만 시시한 책 쓰기와 엄청난 책 쓰기의 차이는 종이 한 장 차이에 불과하며 그것을 가르는 것은 끈기며, 성실이며, 누적이며, 축적이며, 지속이다. 결코 재능이나 능력이나 배경이나 스펙은 아니다. 그래서 책 쓰기는 정말 공평한 것인지도 모른다.

책 쓰기의 진실은 누구에게나 공평하게 열려 있다는 것이다. 모든 업계에는 진입장벽이 있고, 먼저 기득권을 행사한 사람, 먼저 시작한 사람들이 압도적으로 유리한 상황과 조건을 구축하고 있다. 유튜버의 경우가 그렇다. 이미 구독자가 100만 명인 사람과 이제 막 시작해서 구독자가 100명도 안 되는 유튜버는 게임이 사실상 불가능하다.

일반 직장 생활도 그렇다. 이미 10년 전에 입사한 사람과 지금 입사한 사람의 연봉과 회사 내에서의 영향력은 게임이 안 된다. 하지만 책 쓰기는 다르다. 그래서 신비롭고 기묘하고 놀랍기까지 하다. 더 놀라운 사실은 책 쓰기는 자격증도 없이, 누구나 시작할 수 있고, 심지어 그것이 불법도 아니라는 사실이다.

책 쓰기를 10년을 한 사람이든, 지금 막 시작한 사람이든 경쟁의 출발선은 거의 차이가 없다. 물론 엄청난 베스트셀러 작가라고 하면 이미 팬들이 수만 명이 있고, 이런 사람의 책은 출간하기도 전에 사전 예약으로 베스트셀러가 된다. 하지만 이런 사람은 극히 소수다. 작가 대부분은 자신이 쓴 한 권의 책의 내용과 성격, 그 자체로 평가를 받는다. 사실이다.

얼마나 희망적인가? 책 쓰기의 망상만 버린다면 책 쓰기만큼 수지맞는 장사는 없다. 책을 쓰면 쓸수록 자신의 문장력은 높아지고 책 쓰기 기술은 향상이 되기 때문이다. 심지어 계약되지 않고 출간을 못 한다고 해도, 한 권의 책을 썼다면, 그만큼 발전이고 성장이기에 유익이다.

책 쓰기에 대한 지나친 망상만 버린다면, 책 쓰기만큼 인생에 도움이 되는 것이 또 어디 있을까? 지금 당장 책 쓰기를 시작하자. 책 쓰기만큼 성공과 성장과 인생에 도움이 되는 것은 없다.

04

글쓰기와 책 쓰기는 차원이 다르다

한 가지 질문을 하고 싶다.

"당신이 하는 것이 책 쓰기가 아니라면?
책 쓰기와 글쓰기가 다른 것이라면?"

그렇다. 책 쓰기와 글쓰기는 다른 것이다. 그것도 아주 심하
게 전혀 말이다. 글쓰기만 해서는 절대로 책이 될 수 없다. 물
론 글쓰기만 했는데 책이 된 사례도 있다. 안네 프랑크의 일기
나 논어와 같은 책들은 사실 책을 쓴 것이 아니다. 하지만 책이
되었고, 고전이 되었다. 하나는 일기였고, 또 다른 하나는 대화
였다.

세상에는 언제나 예외란 것이 존재한다. 그러므로 예외에 집중하면 안 된다. 왜냐하면 99%의 대부분은 그 예외와 전혀 다르기 때문이다. 필자도 책 쓰기와 관련해서 예외에 속하는 경우다.

어떤 예외일까? 바로 퇴고를 하지 않는다는 말도 되지 않는 예외에 필자가 정확히 속한다. 작가 대부분은, 심지어 최고의 베스트셀러 작가들은 초고를 작성 후에 퇴고를 반드시 한다. 그것도 수십 번 심지어 수백 번 이상을 하는 작가들도 있다. 하지만 필자는 3년 60권 출간을 할 때, 무명작가였을 때, 초보 작가였을 때, 퇴고를 절대로 한 번도 하지 않고 초고 상태의 거친 원고를 출판사에 넘겨주어 출간했다. 바로 이런 점이 예외란 것이고, 예외는 세상 어디에도 항상 늘 존재하는 법이다.

명심하자. 당신이 책을 쓴다고 생각하며 하는 그 행위가 사실은 책 쓰기가 아니라 글쓰기라면 당장 글쓰기에서 책 쓰기로 변경해야 한다. 글쓰기와 책 쓰기의 가장 큰 차이는 글쓰기는 문장 쓰기이지만, 책 쓰기는 새로운 콘텐츠 창조라는 점이다.

글쓰기는 문장만 쓰면 되지만, 책 쓰기는 종합 예술에 가깝다. 사실 책을 쓰는 작가는 크리에이터에 더 가깝다. 지금 당장 글쓰기에서 벗어나 책 쓰기를 시작하라. 책 쓰기는 문장 쓰기가 아닌 창조임을 명심하자.

글쓰기 수준으로는 독자들을 사로잡을 수 없다. 멋진 문장으로는 절대로 독자를 유혹할 수 없고, 흥분시킬 수 없다. 작가는 독자들을 유혹해야 한다. 그것이 작가의 숙명이다. 그렇다면 작가들에게 필요한 것은 글쓰기가 아니라 콘텐츠다. 그것도 강렬한 콘텐츠 말이다. 지금 당장 콘텐츠를 창조하여, 책 쓰기를 시작하라. 그것이 책 쓰기다.

글쓰기와 책 쓰기는 구체적으로 무엇이 어떻게 다른 것일까?

네이버 블로그에 게시글을 작성했다면, 당신은 글쓰기를 한 것이다. 하지만 책을 썼다고 말하지는 않는다. 그렇다. 글쓰기는 당신의 생각이나 감정을 글이라는 텍스트로 표현하는 행위다. 하지만 책 쓰기는 그 이상이다.

책 쓰기는 하나의 특정 주제를 정해야 하고, 그 주제를 심층적으로 분석하고 탐구해야 하며, 그 과정에서 자신이 경험한 삶과 경험과 의식과 생각은 아주 중요한 역할을 해야 한다. 타인의 책이 아닌 자신의 책이기 때문이다. 책 쓰기는 작가가 자기 생각이나 감정을 글로 표현하는 것으로만 완성되지 않는다. 책 쓰기는 좀 더 긴 형식을 요구하며, 체계적인 구조와 논리적인 전개도 필요하며, 심도 있는 연구와 준비도 필요하다.

책 쓰기는 하나의 주제를 깊이 파악해야 하고, 책의 흐름과 구조를 계획하여, 전체적인 구상을 해야 하고, 구상한 것을 토대로 목차 구성도 해야 한다. 즉 책 쓰기는 구조와 일관성을 갖춘 큰 그림을 설계하고 제작하는 모든 과정을 의미한다. 10만 자 이상의 글자를 나열하여, 하나의 주제를 일관되게 전달해야 한다. 그래서 일관성이 중요하고, 책의 전체 흐름도 무시할 수 없다.

글쓰기는 블로그에 자신의 감정이나 생각을 표현하는 글을 쓰거나, 자신의 기분을 표현하는 짧은 에세이를 쓰면 완성되는 짧은 여정이다. 하지만 책 쓰기는 독자에게 하나의 주제나 철학, 메시지나 아이디어에 대해서 체계적으로 통합적으로 전달하는 긴 여정이다. 글쓰기는 비교적 상대적으로 자유롭고, 독립적이고, 단편적이다. 반면 책 쓰기는 상대적으로 복합적인 구조와 기획이 필요하고, 도입과 본론과 결론이 어느 정도 존재해야 한다.

책 쓰기는 하나의 핵심 주제를 효과적으로 전달하기 위해, 각 장을 만들고 카테고리를 나누어 각 장마다 주요 개념을 설명하고, 구체적인 사례나 예시, 역사나 고전을 통한 인용 등도 체계적으로 배치해야 한다. 한 편의 영화가 시작과 끝이 있고, 그 속에서 주제와 메시지를 일관되게 전달하는 것처럼, 책 쓰기도 이와 다르지 않다.

책 쓰기는 하나의 주제에 대해 작가의 삶과 생각, 경험과 의식이 합쳐져서 세상에 없던 새로운 구조물이나 창작물에 해당하는 콘텐츠가 하나 만들어지는 것과 같다. 그래서 책 쓰기를 통해 새로운 개념이 탄생하게 되는 것이다.

세계 투자자들의 필독서로 자리매김한 책인 벤저민 그레이엄의 《현명한 투자자》는 가치 투자라는 새로운 개념이 세상에 탄생하게 되었고, 말콤 글래드웰은 자신의 책 《아웃라이어》라는 책을 통해, '1만 시간의 법칙'이라는 개념을 탄생시켰다. 펜실베이니아 심리학과 교수인 앤절라 더크워스는 세상에 없던 개념인 '그릿'이라는 새로운 개념을 탄생시켰다.

성공은 스펙이나 환경, 지능 차이로 결정되지 않으며, 시련과 역경, 슬럼프가 있더라도, 그 목표를 향해 오랫동안 꾸준히 정진할 수 있는 능력, 즉 '열정적 끈기의 힘'을 말하는 '그릿'으로 결정된다고 앤절라 더크워스는 새로운 개념을 세상에 알렸다.

시카고 대학 경제학 교수인 리처드 탈러와 동 대학 법학 교수인 캐스 선스타인은 자신들의 저서인 《넛지》를 통해, 경제학의 새 지평을 연, 똑똑한 선택의 힘인 넛지라는 개념을 탄생시켰다.

'넛지(nudge)'는 '옆구리를 팔꿈치로 쿡쿡 찌르다', 혹은 '주의를 환기시키다'라는 뜻을 지니는 말인데, 사람들을 바람직한 방향으로 타인의 선택을 유도하는 부드러운 개입 혹은 간섭이라는 개념으로 재탄생시킨 것이다.

한 권의 책은 세상과 우리의 평범한 생각을 극적으로 바꾸어 놓기도 한다. 그것이 책 쓰기의 힘이다. 자본주의 속에 숨겨진 부의 개념을 알려주는 책인 《레버리지》는 세상과 우리의 생각을 극적으로 바꾸어 놓는 책 중 하나다.

이 책의 저자는 '우리는 행복과 자유를 위해, 인생의 1/3을 일하는 데 사용하고, 주말에 하고 싶은 취미생활을 짧게 하려면, 일주일 내내 자신의 삶을 희생하며, 하기 싫은 일을 오래한다면, 그것이 어떻게 일과 삶의 균형이라고 할 수 있을까?'라는 의문을 던지면서, 돈을 그렇게 버는 것이 아니라고 우리를 설득한다.

우리가 돈을 위해 일하는 것이 아니라, 이제는 돈이 우리를 위해 일하게 만들어야 한다고 역설한다. 자본주의 사회에서 많은 이들이 16년 동안 공부하는 교육 시스템을 통과하고, 그 과정에서 수천만 원의 빚을 지고, 직업 피라미드에서 가장 밑바닥인 저임금의 일자리를 구한 다음 40년 동안 천천히 고통스럽게 일하는 삶을 살고 있다. 하지만 저자는 이런 자본주의 사회는 위기이면서 동시에 기회를 제공한다고 말한다.

이 책의 저자는 5만 파운드 빚더미에 올라 방황한 남자다. 그런데 이런 남자를 3년 만에 백만장자로 만들어 준 것 또한 자본주의라고 말한다. 자본주의는 우리의 생각보다 훨씬 더 많은 기회를 제공해 주지만, 이 기회를 내 것으로 만들기 위해서는 한 가지 새로운 기술이 필요하다고 한다. 그 기술, 자본주의를 내 편으로 만드는 기술이 바로 '레버리지'라는 새로운 기술이자, 새로운 부의 공식이며, 새로운 개념이다.

지금까지 세상과 사회가 말하는 성공의 기본 법칙은 '열심히 일하는 것'과 '희생'이었다. 우리가 사랑하는 것들을 희생하고, 남들보다 더 열심히, 더 오래 일하고, 더 일찍 일어나고, 더 늦게까지 깨어 있고, 더 열심히 살아간다면, 우리는 결국 성공할 것이라고 말한다. 하지만 이 책은 기존의 성공 법칙이 근거 없는 망상이라고 몰아붙인다.

이 책이 강조하는 새로운 성공 법칙은 레버리지를 당하지 말고, 레버리지를 하는 것이다. 레버리지를 당한다는 것은 타인의 계획 속에서 움직이고, 당신이 타인을 위해 일하는 것을 의미한다. 레버리지를 당한다는 것은, 타인이 당신으로부터 돈을 벌고 있다는 것을 의미한다. 당신은 먹이 사슬 밑바닥에서 가장 적은 돈을 벌며 가장 많은 일을 한다. 자유와 통제력을 가장 적게 누린다. 반면에 레버리지를 하는 사람은 다르다. 레버리지 하는 사람은 자유와 통제력을 가장 많이 누리고, 일을 가장 적게 한다. 하지만 돈을 가장 많이 번다. 이것이 레버리지의 효과이기 때문이다.

한 여성이 나를 알아보고 내 직원이 몇 명이냐고 물었다. 그녀는 내가 친구와 둘이 함께 창업했던 때를 기억하고 있었다. 내가 사십 명 정도라고 말하자 그녀는 놀라서 마시고 있던 커피를 뿜으며 물었다.

"와! 직원이 사십 명이나 되는데 밤에 잠이 와요?"

나는 어리둥절해서 대답했다.

"직원이 사십 명이나 되니까 편하게 잘 수 있죠."

그렇다. 이 책의 저자는 사십 명의 직원이 자신을 위해 일하게 만든 것이다. 40명이나 자신을 위해 레버리지를 당하니까, 편하게 잠을 잘 수 있고, 일을 적게 해도, 돈은 가장 많이 벌 수 있는 것이다.

'레버리지'라는 새로운 개념을 통해 우리는 이제 새로운 생각에 눈을 뜰 수 있게 되었다.

"당신이 돈을 위해 열심히 일할 수도 있고, 돈이 당신을 위해 열심히 일할 수도 있다. 당신이 돈의 노예가 될 수도 있고, 돈이 당신의 하인이 될 수도 있다. 시간을 돈과 바꿀 수도 있고, 당신의 시간을 보존하면서 소득을 창출할 수도 있다."

저자의 말처럼, 우리는 이제 돈과 일의 노예가 아닌, 돈과 일의 주인이 되어, 타인의 시간과 재능과 노력을 자신의 레버리지로 만들어, 돈으로 바꿀 수 있는 새로운 개념을 이해하게 되었다.

05

어설픈 책 쓰기 절대 하지 마라!

이런 당신은 절대 하지 마라. 책 쓰기 절대 하지 마라. 아니 어설픈 책 쓰기 말이다. 책 쓰기는 반드시 해야 한다. 하지만 어설픈 책 쓰기는 절대 해서는 안 된다. 과연 차이는 무엇일까?

어설픈 책 쓰기는 인생에 도움이 전혀 되지 않는 시간 낭비의 책 쓰기다. 하지만 인생에 도움이 되는 진짜 책 쓰기를 우리는 책 쓰기라고 부를 것이다. 어설픈 책 쓰기의 특징은 무엇일까?

어설픈 책 쓰기는 절대로 독자들이 만들어지지 않는다. 그래서 책과 작가만 있고, 독자가 없는 책 쓰기이다. 또 어설픈 책 쓰기는 절대로 작가 자신을 스스로 만족시키지 못한다. 심지어 작가가 책을 쓰면서 누려야 할 그 모든 것을 단 한 번도 누리지 못한다는 데 더 큰 문제가 있는 것이다.

어설픈 책 쓰기는 껍데기만 책 쓰기일 뿐, 진짜가 아니다. 진짜를 하면 당신의 인생은 반드시 바뀐다. 진짜를 하면 당신은 반드시 성장하고 성공한다. 하지만 가짜인 어설픈 책 쓰기는 흉내만 낼 뿐 알맹이가 없다.

10년 직장 생활을 하든, 10년 책 쓰기를 하든 달라지는 것이 없다면 그것은 어설픈 직장 생활이며, 어설픈 책 쓰기, 가짜 책 쓰기이다. 하지만 3년만 책 쓰기를 해도, 10년 직장 생활보다 더 경제적으로, 사회적으로, 시간상으로 풍요로워졌고, 좋아졌다면 그것은 진짜 책 쓰기다.

모든 것은 그것의 열매로 성과를 가늠할 수 있다. 당신이 지금 하는 책 쓰기가 흉내만 내는 알맹이가 없는 껍데기와 같은 어설픈 책 쓰기인지, 알맹이가 있는, 인생이 바뀌는 진짜 책 쓰기인지 나중에는 확실히 알 수 있다.

책 쓰기에 대해 넓은 이해와 특별한 관점을 가지고 있다면 이제 시작하자. 책 쓰기에 대해 특별한 관점 중의 하나는 책 쓰기가 힘들고 어렵고 고통이고 짐이라는 생각에서 벗어나는 것을 의미한다. 즉 책 쓰기가 쉽다는 관점, 즐거움이라는 관점, 특권이고 선물이라는 관점을 가지고 있다면 충분히 시작해도 좋다.

이런 관점이 아니라면, 책 쓰기를 시작해도 결국 중도에 포기하게 될 뿐이다. 불을 보듯 결과는 뻔하다.

책을 쓰는 사람이 가져야 할 관점 중 하나는 독자의 관점이다. 독자가 어떤 고민을 하고 있는지, 어떤 정보를 필요로 하고 있는지, 어떤 문제가 가장 큰 것인지를 생각하지 않는 작가는 독자에게 외면당한다. 독자의 입장과 처지가 되어 보는 것은 매우 중요하다.

주제가 모호하거나 구체적으로 정확하지 않다면, 그런 책 쓰기는 시작부터 어설픈 책 쓰기다. 일관성이 부족하다면, 그 것도 어설픈 책 쓰기다. 일관성이 없다면, 독자를 혼란에 빠뜨릴 수 있다. 독자가 이해하기 어려운 전문 용어를 과도하게 사용하는 것도 역시 어설픈 책 쓰기다. 영감이 오기만을 기다리는 사람도 어설픈 책 쓰기를 하는 사람이다.

> "글쓰기를 시작하기 전에 영감이 오기를 기다린다면, 정신이 번쩍 들만큼의 통찰력을 기대한다면, 당신은 어리석을 뿐 아니라 작가와 인연이 없는 사람이다. 일단 써라, 글을 쓴다는 물리적 행위 자체가 상상력을 해방한다. 동작으로 아름다움을 드러낸다는 의미에서 글쓰기는 춤이나 스포츠와 같다."
>
> – 스티븐 테일러 골즈베리, 《글쓰기 로드맵 101》 21~22쪽.

《글쓰기 로드맵 101》에서 스티븐 테일러 골즈베리는 책 쓰기를 절대 해서는 안 되는 사람으로 영감이 오기를 기다리기만 하는 사람을 꼽았다. 이런 사람을 작가와 인연이 없는 사람이라고 구체적으로 묘사한 바 있다.

그렇다. 그는 작가와 인연이 없는 사람, 책 쓰기를 하면 안 되는 사람, 어설픈 책 쓰기를 하는 사람은 영감이 오기를 기다리기만 한다. 작가가 될 수 있는 사람은 영감이나 통찰력을 기다리는 사람이 아니라, 일단 쓰기를 시작하는 사람이다. 왜일까? 글을 쓰는 행동 자체가 영감을 불러오고, 통찰력을 길러주기 때문이다.

어설픈 책 쓰기에서 벗어나기 위한 몇 가지 조언을 하자면 이렇다.

첫 번째: 주제를 명확히 하라. 명확한 주제는 책을 쉽게 빨리 잘 쓸 수 있게 해 준다.

두 번째: 일관성을 유지하라. 일관성이 결여된 책은 독자를 혼란에 빠지게 하고, 도망하게 한다.

세 번째: 독자 중심의 책 쓰기를 하라. 작가 중심의 책 쓰기를 벗어나, 독자가 가장 알고 싶어하는 것이 무엇인지, 독자의 입장이 되어, 책 쓰기를 하라.

네 번째: 매일 책 쓰기를 하라. 영감이 오기만을 기다리는 것은 책 쓰기가 아니다. 책 쓰기는 행동이다. 매일 책을 쓰는 행동을 하면, 그 행동이 영감을 불러 모은다.

다섯 번째: 책 쓰기가 어렵다는 관점을 버려라. 책 쓰기를 잘하는 사람은 그것을 즐기는 사람이며, 즐길 줄 아는 사람이다. 책 쓰기가 즐겁고 신나는 일이라는 관점을 가질 필요가 있다.

어설픈 책 쓰기에서 벗어나기 위해, 단편화된 정보에 자신을 노출하는 습관을 버려야 한다. 가장 큰 병폐가 '숏폼'이라는 짧은 영상에 빠져서 매일 한두 시간 이상 시간을 낭비하는 이들이다.

정보가 폭발하는 시대다. 무엇보다 그런 폭발하는 정보를 우리는 너무나 쉽게 편하게 접근할 수 있는 시대에 살고 있다. 정보 과잉의 시대, 우리의 시간과 에너지를 낭비하게 하는 가장 큰 요소는 숏폼이다. 이런 단편화된 정보에 매일 노출된 사람들은 정보를 그대로 수용하기 때문에, 스스로 사고하는 힘이 상대적으로 약해진다.

한 시간 동안 책을 쓰는 것과 숏폼을 보는 것은 어떤 차이가 있을까? 책을 쓰는 것은 자신이 얻게 된 지식과 경험하게 된 삶을 능동적으로 자신의 것으로 체계화하는 과정이다. 책 쓰기를 하는 사람은 무엇보다 사고력이 더 단단해지고, 사고의 수준과 차원이 향상된다. 반면 숏폼을 보는 것은 기계적으로, 수동적으로 많은 정보에 노출될 뿐이다. 숏폼은 사고력을 저하시키고, 인간을 맹목적으로, 피상적으로 만든다. 깊이가 없어지고, 얕은 인간이 된다.

인간은 정보를 처리하는 방식에 따라 사고력이 달라지고, 사고의 수준이 결정된다. 숏폼은 지금까지 발명된 인류의 많은 것 중에 인간의 사고력을 가장 피폐하게 만드는 물건이다. 바로 이런 이유에서 인간이 발명한 것 중에 최고의 물건은 책이다. 책은 인간의 사고력을 가장 높이까지 올리는 물건이다. 반면 게임이나 TV 등은 인간을 바보로 만드는 물건이다. 하지만 이제 인간을 바보로 만드는 가장 최강자가 등장했다. 바로 숏폼이다.

어설픈 책 쓰기는 숏폼을 많이 보는 이들에게 나타난다. 여기 저기 얕은 지식과 정보와 깊이 숙성되지 않는 삶의 경험을 책 속에 담기만 한다. 책 쓰기는 깊이 사고하고, 넓게 세상과 타인과 삶을 되돌아보는 과정이다. 그런데 숏폼을 과도하게 보고, 숏폼에 노출된 이들은 스스로 사고하지 않는 경향이 강하다. 책 쓰기는 스스로 사고하는 과정이다. 숏폼은 TV 시청이나 게임을 장시간 하는 것보다 더 인간을 피폐하게 만든다. 숏폼은 과도한 정보를 수동적으로 받아들이며, 사고할 줄 모르는 기계로 인간을 전락시킨다. 어설픈 책 쓰기도 이런 성격을 가지고 있다.

진정한 책 쓰기는 인간의 삶을 단단하게 만들고, 그 어떤 시련과 역경에도 흔들리지 않게 해 준다. 진정한 책 쓰기는 인간의 내면을 풍요롭게 만들고, 인생을 더 나은 존재로 거듭나게 해 준다. 책 쓰기를 했는데도 어제와 오늘이 별반 다를 바 없다면, 그것은 어설픈 책 쓰기를 했다는 방증이다.

"글을 쓴다는 것은 삶을 고양하는 것이며, 궁극적으로 무한히 즐거운 행위이다. 창조성의 분출인 글쓰기는 영혼의 상처를 치유하며, 영혼을 성숙게 한다. 그러나 반드시 글쓰기 강좌나 글쓰기 선생을 찾아갈 필요는 없다. 소설 작법이나 시 작법 따위의 책을 읽을 필요도 없다. 글을 쓰기 시작하는 데에는 어떤 마법도 필요치 않다. 마법의 환상을 버리고 글과 씨름하며 포기하지 않고 계속 글을 쓰다 보면 역설적으로 진짜 마법 같은 일이 일어난다."

— 로버타 진 브라이언트, 《누구나 글을 잘 쓸 수 있다》, 7쪽.

제3장

인생에 도움이 되는 책 쓰기, 무엇이 다른가?

01

책 쓰기의 불확정성 원리를 아시나요?

물리학에는 불확정성 원리가 있다. 이것은 독일 물리학자 베르너 하이젠베르크가 탄생시킨 개념이다. 하나의 입자를 동시에 정확히 측정할 수 없음을 말한다. 즉 입자의 위치와 운동량을 동시에 정확하게 측정할 수는 없다. 우리는 입자의 위치를 측정할 수 있거나 아니면 입자의 운동량을 정확하게 측정할 수 있다. 하지만 이 두 가지를 동시에 정확하게 측정할 수는 없다.

측정자가 측정하는 바로 그 순간에 측정자 스스로 입자의 운동량이나 위치를 변화시키기 때문이다. 즉 측정하는 그 자체가 측정 결과에 영향을 주기 때문이다.

이런 불확정성 원리가 책 쓰기에도 그대로 적용된다는 사실을 아는가? 아니 책 쓰기뿐만 아니라 우리의 인생과 세상일에 모두 적용된다.

한 가지 예를 들면 유명세나 인기가 바로 그렇다. 한 명의 연예인이 얼마나 인기가 있는지를 측정해서 최고의 인기 연예인이 누구라고 발표하면, 그것으로 인해 오히려 측정 결과인 인기도가 훨씬 더 높아지게 된다. 즉 측정한 것이 측정 결과에 영향을 주어 결국 원래의 상태를 파괴해 버리게 되는 것이다.

약간 유명해진 연예인의 인기나 유명세를 촬영해서 방송에 내보내면 바로 그 행위 때문에 그 연예인의 인기와 유명세는 그 이전보다 훨씬 더 집중 조명을 받게 되고, 몇 배 이상으로 인기가 뛰어오르게 된다.

이것은 책 쓰기와 관련된 베스트셀러 도서에도 그대로 적용이 된다. 예스24나 교보문고에서 종합 베스트셀러 1위가 어떤 책이라고 발표하면, 그 발표 덕분에 오히려 그 책이 진짜 종합 베스트셀러를 더 오래, 더 높게, 더 길게 하면서 더 많이 팔리게 된다.

세상이 그런 것이다. 이런 메커니즘은 세상 모든 분야에 존재한다. 우리는 먼저 뭔가를 알고 싶어서 측정한다. 측정 결과가 나오고, 이것을 세상에 발표하면, 이 측정 결과 때문에 그 뭔가는 이제는 이전의 것이 아닌, 새로운 다른 상태가 되어 버린다. 수준과 차원이 완전히 달라진다.

가장 좋은 예로 한강 작가의 경우다. 한국에서 밀리언셀러도 아니었고, 가장 인기 있는 작가도 아니었고, 가장 유명한 소설가도 아니었다. 하지만 노벨문학상 수상 소식이 전해지자마자 모든 것이 바뀌었다. 한강 작가의 위상도 바뀌었고, 한강 작가의 인기도 바뀌었다. 하루아침에 그녀는 한국에서 가장 인기 있는 작가가 되었다. 노벨문학상 수상 발표 전과 후, 한강 작가의 모든 것이 바뀌었다. 그것도 하루아침에 바뀐 것이다. 그녀의 인기와 위상, 영향력과 홍보 효과, 심지어 그녀가 쓴 소설의 판매량과 파급력, 이 모든 것의 수준과 차원이 완전하게 달라졌다.

노벨문학상 수상 후 엿새 만에 한강 작가의 책이 100만 부 팔렸고, 예스24나 교보문고, 알라딘의 종합 베스트셀러 도서 1위부터 10위가 모두 한강 작가의 시와 소설이다. 이렇게 한국 출판 역사상 한두 권 혹은 두세 권의 책이 동시에 종합 베스트셀러가 된 작가는 있었겠지만, 10권 이상의 책이 동시에 1등부터 10등을 독식한 경우는 본 적이 없었다. 한강 신드롬이라고 할 만 하다. 이러한 신드롬이 결국 노벨문학상 수상 발표로 인해 야기된 것이다. 이것이 불확정성 원리다. 단 하나의 사건이나 수상으로 모든 것이 바뀌는 것이다.

책 쓰기에도 이런 것은 당연히 존재한다. 이런 책 쓰기의 불확정성 원리를 우리는 잘 알고 잘 활용해야 한다. 그래서 손자는 '전승 불복'이라고 했다. 어제와 같은 전쟁의 승리는 결코 그대로 반복되지 않는다고 말이다. 어제 승리했다고 오늘도 똑같이 하면, 오늘도 승리하는 것이 아니라 패하게 되는 것은 어제의 승리를 통해 상대는 이미 학습했고, 세상은 어제와 달라졌기 때문이다.

어제의 승리 자체가 더는 승자도 패자도 이전의 상태가 아닌 다른 상태로 바꾸어 놓았기 때문이다. 투자의 귀재 조지 소로스도 재미있는 말을 했다.

"시장은 끊임없이 변화하고 유동적이다.
그래서 뻔한 것을 무시하고 예상 밖의 것에 베팅할 때
돈을 벌 수 있다."

이런 세상의 이치를 잘 이해했다면, 인생에 도움이 되는 책 쓰기를 하기 위해서는 예상 밖의 방법으로, 예상 밖의 내용과 주제로, 예상 밖의 책을 출간하면 된다. 남들이 다 돈이 안 된다고 하는, 예상 밖의 주제인 마법사 이야기와 주종이 아닌 예상 밖의 분야 도서인, 아이들 도서를 집필했기에 조앤 롤링은 책 쓰기로 엄청난 부와 명예를 거머쥘 수 있었다.

책 쓰기에도 불확정성 원리가 그대로 적용된다. 그래서 진짜 인생에 도움이 되는 책 쓰기는 질이 아니라 양이다. 10년 동안 꾸준히 10권 이상의 책을 지속해서 출간하면 반드시 성공한다. 정말 그럴까? 라고 의심을 하는 독자가 있을 것이다. 필자의 경우를 보면 된다.

필자는 꾸준히 책을 쓰고 출간하다 보니 독자들이 누적되어 쌓이고 쌓여서 베스트셀러 도서가 적지 않게 나왔다. 많은 책을 출간하면서 느끼는 점은 책 쓰기에도 불확정성 원리가 그대로 적용이 된다는 점이다.

책 쓰기가 이렇게 재미있을 줄이야!

확실하게 말할 수 있다. 책 쓰기는 소소하지만 확실한 행복이다. 그렇다. 소소하지만 확실한 행복이다. 세상에 책 쓰기만큼 재미있는 취미가 또 있을까? 책 쓰기는 즐거움 그 자체다. 이렇게 좋은 것을 왜 안 하고 살아왔을까?

등산을 좋아하는 이들에게 산을 오를 때보다 더 행복한 순간은 없다. 낚시꾼들에게는 낚시할 때보다 더 행복한 순간은 없다. 책을 쓰는 작가에게 책을 쓰는 순간보다 더 행복한 순간은 없다.

세상에 존재하는 작가들을 두 부류로 나누라고 한다면 필자는 이렇게 나눌 수 있을 것 같다. 한 부류는 책 쓰기를 취미로 생각하는 부류이고, 또 다른 부류는 책 쓰기를 취미가 아닌 직업이나 일로 생각하는 부류다. 당신은 어떤 부류인가?

　필자는 전자다. 책 쓰기는 취미다. 그것도 소소하지만, 확실한 행복 취미다. 많은 작가가 모르고 있는 것 같다. 책 쓰기가 이렇게 재미있다는 사실을 말이다. 책 쓰기가 왜 필자에게는 유독 재미있는 놀이이지만, 대부분의 다른 작가들에게는 고통일까? 왜 많은 작가가 글쓰기 고통에 대해서 언급했을까?

　대표적인 작가가 프랑스 소설가 시도니 콜레트다. 그는 글쓰기의 고통에 대해서 이런 말을 한 적이 있다.

> "글쓰기는 마조히즘이다. 모든 다른 범죄처럼
> 처벌받아야 하는, 자신을 향한 범죄다."

　글쓰기를 범죄로 취급하는 것은 애교다. 아예 다른 사람들에게 글쓰기를 권하고 싶지 않다고 말하는 작가도 있다. 글쓰기의 고통, 글쓰기 감옥, 글쓰기의 고통을 토로하는 많은 작가는 무의식적으로 실패나 과오에 대한 구실 만들기를 하고 있거나, 그토록 엄청난 고통을 이겨내고 써낸 작품과 작가에 대해서 최소한의 비평과 과대평가를 유도하는 것인지도 모른다.

　필자가 어떤 책에 저자 소개로 책 쓰기는 어린아이가 놀이터에 서 정신없이 노는 것과 같다고 솔직하게 표현을 한 적이 있다. 이렇게 솔직하게 표현하면, 많은 독자와 동료 작가들의 시기와 질투, 비난과 비평이 두세 배 이상 강력해진다. 진짜다.

　그래서 되도록 이런 표현을 사용하지 않고, 3년 만권 독서, 3년 60권 출간에 대해서 이 말 하나를 사용했더니 비난과 시기는 없어지고, 존경과 찬사를 두세 배 많이 보내는 것을 온몸으로 느낄 수 있었다.

> "세상에 공짜는 없습니다. 대충 독서했다면 3년 만권이 아니라 백 권의 책도 독파하지 못했을 것이고, 3년 60권이 아니라 6권의 책도 출간하지 못했을 것입니다. 세상은 정확합니다. 엉덩이에서 피를 흘리면서 잠도 자지 않고 책을 읽고 쓰면서 이룩한 성과입니다."

　세상은 우리의 마음과 같지 않다. 책 쓰기가 고통이라고 말하는 전자도 사실이고 책 쓰기가 즐거움이라고 말하는 후자도 틀린 말이 아니다. 하지만 미칠 만큼 재미있고 좋아서, 몰입해서 책을 쓴 것이고, 그래서 지금의 내가 존재한다. 하지만 표현을 달리 하면 세상이 나를 대하는 시선이 달라진다. 책 쓰기도 이와 같다. 아무리 내용이 좋아도 표현을 어떻게 하느냐에 따라서 책의 성패는 달라진다. 그럼에도 내게 책 쓰기는 어린아이가 놀이터에서 노는 것과 같은 것이다.

내게 책 쓰기는 행동이다. 책 쓰기는 절대 생각만 해서는 안 된다. 행동으로 옮겨야 한다. 어떤 어린아이가 놀이터에서 노는 것을 상상만 하고, 실제로 놀이터에 가지 않겠는가? 책 쓰기는 머릿속에서 맴도는 생각을 끌어내고, 원고지 위에 펼쳐 놓는 것이다. 그래서 독자들도 그것을 읽을 수 있게 말이다. 이렇게 하기 위해서는 두려움을 이겨내야 한다. 완벽함을 지나치게 추구해서는 안 된다. 자신이 완벽한 글을 쓸 수 있고, 쓰겠다고 생각하는 것 자체가 어불성설이다.

놀이터에서 아무 걱정 없이 놀이를 즐기는 어린아이가 되어야 한다. 완벽함을 추구하지도 말고, 실수를 두려워해서도 안 된다. 우리가 할 일은 어린아이처럼 몸과 손을 움직여, 한 문장을 완성하고, 글을 쓰는 것이다.

'책 쓰기가 이렇게 재미있을 줄이야!'라고 마음껏 외치는 방법이 있다. 그것은 책을 쓰는 순간, 그 어떤 생각도, 걱정도, 비판도 하지 말고, 오롯이 책 쓰기에 집중하는 것이다. 우리의 가장 큰 문제는 생각이 너무 많다는 것이다.

'누가 내 책을 읽고 욕하거나, 악플을 달면 어떻게 하지?'

'내 책이 한 권도 팔리지 않으면 어떻게 하지?'

'출판사와 계약이 안 되면 어떻게 하지?'

이런 생각은 책 쓰기를 하는 데 있어서 하나도 도움이 안 된다. 책 쓰기의 즐거움과 기쁨을 방해할 뿐이다. 책 쓰기의 재미를 방해하는 또 다른 것은 완벽주의와 실패에 대한 두려움이다.

실패나 실수에 대해 너무 두려워하지 말라. 인간은 누구나 실패하고, 실수한다. 자신이 신이 아닌데, 어떻게 실패나 실수를 하지 않을 수 있는가? 실패나 실수를 오히려 적극 환영하고, 담대하게 받아들여라. 이렇게 마음을 먹는 순간, 책 쓰기가 훨씬 더 즐거워질 것이다. 비로소 책 쓰기의 재미와 즐거움을 발견하게 될 것이다.

이 세상에 완벽한 책이 있을까? 그런 책은 없다. 어떤 책도 지루한 부분이 있고, 독자가 싫어하는 부분이 있다. 처음부터 끝까지 모든 문장이 독자를 완벽하게 사로잡을 수는 없다. 책을 쓰는 인간은 불완전한 존재임을 받아들여야 한다. 책 쓰기의 완벽주의에서 벗어나야, 자기 생각과 경험을 자유롭게 펼칠 수 있다. 실패나 실수의 두려움에 얽매이지 않을 때, 책 쓰기는 즐거운 놀이가 된다.

'목표에만 사로잡혀 인생을 잃지 마라'는 니체의 조언을 생각한다면, 책 쓰기를 하는 사람들은 책 쓰는 과정 그 자체를 잃어버려서는 안 된다. 책 쓰는 과정을 하나의 놀이로 생각하는 것은 책 쓰기를 오롯이 즐기고 누리는 것이다.

위대한 작가였던 펄 벅은 이런 말을 했다.

'일을 즐길 수 있는 비결은 잘하는 것이다.
또한 일을 잘하고 싶으면 즐겨라.'

정말 멋진 말이다. 책을 쓰고자 한다면, 가장 먼저 마음에 새겨야 하는 말이다.

재능보다 뻔뻔함이 더 필요하다

"글쓰기 재능을 연마하기 전에
뻔뻔함을 기르라고 말하고 싶다."

《앵무새 죽이기》라는 재미있는 책의 저자 하퍼 리의 말이다. 그렇다. 책을 쓰는 사람이 되고 싶은가? 그렇다면 세상에서 가장 뻔뻔한 사람이 될 수 있어야 한다. 그래야 마음의 상처를 받지 않고 꿋꿋하게 책을 쓸 수 있기 때문이다. 그것도 평생 책을 쓰고자 한다면 말이다.

작가에게 필요한 재능을 두 가지 말하라고 한다면 뻔뻔함과 끈기다. 당신이 철면피가 될 수 있고, 그릿이 있다면, 충분히 작가로 성공할 수 있다. 이 얼마나 기쁜 소식인가? 재능은 별로 필요하지 않다.

전북대학교 신문방송학과 강준만 교수는 말한다.

> 양의 문제일 뿐 악평을 받는 건 피할 수 없는 작가의 숙명
> 이다. 책이 독자들이 사랑을 받아 베스트셀러가 된다면,
> 그 어떤 악평에도 내심 "개는 짖어도 기차는 간다"라는
> 심적 평온을 누릴 수 있다.
>
> – 강준만의 글쓰기 특강, 《글쓰기가 뭐라고》, 61쪽.

그렇다. 개가 아무리 짖어도 기차는 멈추어서는 안 된다. 백만 마리의 개가 짖어도 기차는 가야 한다. 그렇게 하기 위해서 필요한 것은 철면피가 되는 것이다. 뻔뻔해야 한다. 작가들이여, 세상에서 가장 뻔뻔한 사람이 되자. 그래야 당신도 살고, 독자도 살고 책도 산다. 절대 악평에 주눅 들지 말고, 상처도 받지 말고, 오직 뻔뻔한 사람이 되어야 한다.

아무리 위대한 재능을 가진 사람도 아무리 훌륭한 책을 쓴다고 해도, 악평이 없을 수도 없다. 그런데 수백 개의 호평 속에 단 하나의 악의적인 비난 댓글이 있다고 생각해 보자. 이런 경우는 정말 엄청나게 책이 훌륭한 경우다. 실제로 작가가 되어보면 안다. 그런데 이런 경우 단 하나의 비난 댓글을 우연히 접

하고 나서, 더 이상 책을 쓸 힘을 얻지 못하게 된다면 어떻게 할 것인가?

유방과 항우가 천하를 놓고 경쟁과 전쟁을 할 때, 결국에는 유방이 천하를 차지하게 된다. 그런데 재미있는 사실은 유방과 항우가 계속해서 싸움할 때 늘 패하는 쪽은 유방이었다. 그런데 항우는 마지막 전투에서 단 한 번의 패전으로 인해 전의를 상실하게 되었다.

작가에게 필요한 것은 매번 전투에서 패하더라도 계속해서 도전하고 지속할 수 있는 끈기이며, 뻔뻔함이라는 사실을 이 역사적 사실을 통해서도 우리는 알 수 있다. 책을 쓰는 작가는 늘 전쟁에서 승리하는 항우가 아니라, 백전백패해도 마지막 전투에서 단 한 번 승리한 유방이 될 줄 알아야 한다.

책을 쓰는 작가에게 필요한 것은 재능이 아니라, 끈기와 노력이다. 재능이 없어도, 끈기와 노력으로 성공한 작가들은 너무나 많다. 그중 한 명이 미국의 호러 소설을 대표하는 작가 스티븐 킹이다.

그는 재능이 많은 작가가 아니었다. 그가 《캐리》라는 작품을 쓸 때의 일이다. 그 작품을 처음 구상했던 아이디어를 전개하며, 소설을 쓴 킹은 큰 좌절감과 실망으로 자기 작품을 자기 손으로 쓰레기통에 버린 일도 있었다. 3억 5천만 부가 넘는 판매 부수 기록을 보유하고 있는 놀라운 작가에게 이런 일도 있었다는 사실을 우리는 알아야 한다.

책을 쓰는 작가에게 필요한 것은 멈추지 않는 불굴의 의지이며, 끈기와 노력이다. 쓰레기통에 버려진 원고를 그의 아내 태비사가 되살려 다시 쓰게 하지 않았다면, 끝까지 끈기를 가지지 않았다면, 우리가 지금 알고 있는 스티븐 킹은 존재하지 않았을지도 모른다. 쓰레기통에 버려진 원고였던 소설 《캐리》는 무명의 그를 단숨에 인기 작가로 도약하게 만들어 주었다.

그의 자서전을 보면, "글쓰기의 유일한 비밀은 하루에 적어도 한 문장을 쓰는 것"이라고 한다. 그는 자신의 초기 작품이 "형편없었다"고 고백하기도 한다. 하지만, 꾸준히 쓴 덕분에 세계적인 작가로 성장했다는 것을 우리는 이제 모두 알고 있다. 그렇다. 그의 말이 정확히 맞다. 글쓰기의 핵심은 매일 조금씩 쓰는 끈기와 노력, 즉 꾸준함에 있다.

매일 꾸준히 쓰는 것은 축적을 통해 쓰기의 임계점을 돌파하게 해 준다. 쓰기의 임계점은 무엇일까? 필자가 10년 전에 출간한 책에 보면 임계점에 관해 쓴 대목이 나온다.

물이 끓기 위해서는 반드시 임계점인 100도 씨까지 온도를 높여야만 한다. 독서도 책 쓰기도 마찬가지다. 독서든 책 쓰기든 임계점을 돌파해야 원하는 성과를 달성할 수 있고, 인생이 바뀐다.

임계점은 달리기에도 존재한다. 달리기를 시작하면, 처음 10분 정도는 누구나 쉽게 할 수 있다. 하지만 30분 정도가 되면 고통이 극대화가 되는 지점이 반드시 있다. 숨이 멈춰서 죽을 것 같은 심한 고통을 느끼게 된다. 달리기를 좋아하는 사람들은 이런 고통의 순간이 올 때 열광하고 흥분한다. 왜냐하면 고통 후에는 말할 수 없는 쾌감을 경험할 수 있게 되기 때문이다.

이런 경우를 '러너스 하이(runner's high)' 혹은 '러닝 하이(running high)'라고 한다. 이 용어는 캘리포니아대 심리학자인 아놀드 J 맨델이 자신의 논문에서 처음에서 소개했다. 가장 고통스러운 순간을 이겨낸 후 포기하지 않고, 멈추지 않고 달리기를 했을 경우 최고의 기쁨과 희열을 느끼게 되는 지점에 도달하게 되는 것이다. 이 순간이 임계점이다.

이러한 고통의 순간, 절정의 순간, 임계점을 넘기면, 몸이 가벼워지면서, 기분은 하늘을 나는 것과 같은 황홀함을 경험하게 된다. 이건 순간을 한 번이라도 경험하게 되면 그 사람은 더 이상 달리기를 멈출 수 없다. 비가 오는 날에는 우산을 받쳐 들고 달리게 된다. 이런 사람을 필자는 실제로 한강에서 본 적이 있다.

달리기의 임계점을 돌파한 사람들은 고통과 힘든 순간을

뛰어넘어, 기분이 좋아지고, 몸에 피로가 사라지고, 없던 힘까지 새롭게 나오고, 주변이 아름다워지고, 시야가 밝아지는 기가 막힌 순간을 경험하게 된다. 이 순간을 경험하게 되면 심지어 세상에서 분리된 듯한 기분까지 느끼게 된다. 바로 이런 러너스 하이가 글쓰기에도 존재한다.

글쓰기를 시작한다고 누구나 이런 경험을 할 수 있는 것은 아니다. 러너스 하이의 달리기처럼 힘들고 어려운 순간을 이겨 내야 한다. 이 지점에서 끈기와 노력이 필요하다. 끈기와 노력, 꾸준함이 있는 사람은 이야기가 달라진다.

글쓰기를 하면서 하늘을 날 수 있게 된다는 말이다. 글쓰기의 임계점을 돌파하게 되면, 피로감이 사라지고, 타자 치는 소리는 마치 음악 소리처럼 들리게 되고, 세상과 완전하게 분리되어 하늘 위를 걸어 다니는 것처럼 느껴지게 된다.

글의 재료가 내면에서 끊임없이 솟구쳐 오르고, 자신이 천재가 된 것 같은 착각에 빠지기도 한다. 하지만 이 순간만은 당신이 천재보다 더 천재다운 사람임을 부정할 필요는 없다. 이러한 쓰기의 임계점을 필자는 라이터스 하이(writer's high)'라고 명명한 적이 있다. 10년 전 이야기다. 라이터스 하이가 되면 놀랍게도 아드레날린과 엔돌핀이 분비된다. 이러한 물질들은 신이 인간에게 고통을 견디게 하려고 내린 선물과 같은 물질이다. 결국 끈기와 노력이 없는 사람은 이러한 순간을 경험하지 못한다. 끈기와 재능이 책 쓰는 작가에게 재능보다 더 필요한 이유다.

다산 정약용 선생이 말한 '둔필승총(鈍筆勝聰)' 이란 말도 끈기와 노력을 강조한 말이다. 끈기와 노력은 질이 아니라 양적 글쓰기에서 가장 필요한 요소다.

둔필승총은 무딘 붓이 총명함을 이긴다는 말이다. 즉 형편없고 조잡한 글쓰기라도 매일 자주 많이 하는 사람이 결국에는 재주 있는 총명한 사람들을 넘어서게 된다는 말이다. 그래서 책을 쓰는 작가는 뻔뻔함이 있어야 한다. 우직함과 같은 뻔뻔함을 가지고 계속 진격할 줄 알아야 한다.

책 쓰기는 좋은 머리나 재주나 실력으로 하는 것이 아니라 소처럼 우직하게 끈기를 가지고, 매일 많이 해야 한다. 옛날에도 중국의 송나라 문인이었던 구양수는 끈기와 노력을 통해, 글을 잘 쓰는 세 가지 방법을 말한 적이 있다. 그런데 이 세 가지 방법 모두 재주나 지능의 이야기가 아니라, 끈기와 노력과 관련된 방법이다. 그가 말한 좋은 글을 쓰기 위한 세 가지 길잡이는 삼다(三多), 즉 세 가지를 많이 하라는 것이다.

구양수가 많이 해야 한다고 강조한 세 가지는 독서와 글쓰기, 생각이다. 즉 그는 '다독 다작 다상량(多讀 多作 多商量)'을 강조했다. 즉 많이 읽고, 많이 쓰고 많이 생각하라는 것이다. 이 것은 머리가 좋은 사람이 잘할 수 있는 것이 아니라, 끈기가 있는 사람이 잘할 수 있다.

한국인들은 많이 읽는 것에만 편중되어 있다. 하지만 많이 쓰는 것, 그리고 그것을 통해 많이 생각하는 행위를 무시하거나 등한시하는 경향이 있다. 읽기는 지식과 정보의 습득에 집중되어 있지만, 쓰기는 쓰는 과정을 통해 생각과 사고가 깊어지고 넓어질 수 있다. 그래서 다작과 다상량은 직접적으로 연결되어 있다. 구양수가 말한 세 가지 방법 중에서 가장 중요한 것은 많이 쓰는 것이다. 그래서 역사상 이름을 떨친 위대한 작가 중에 다작가들이 많은 이유다.

피카소도 하루에 한 장의 그림을 쏟아낼 정도로 다작했고, 모차르트도 역시 600곡 이상의 많은 곡들을 다작했고, 프로이트도 역시 다르지 않다. 그가 쓴 논문이 650여 편을 넘는다. 렘브란트도 6백 50장의 그림을 다작했다.

새무얼 스마일즈의 [자조론]에 보면 위대한 예술가들은 모두 남다른 노력의 대가들이라는 사실에 대해 다음과 같이 말하고 있다.

"다른 분야와 마찬가지로 예술계에서도 분골쇄신의 노력

이 없이는 성공할 수 없다. 명화나 빼어난 조각상은 결코 우연히 만들어지는 것이 아니다. 물론 천재성도 있어야겠지만 미술가가 능숙한 솜씨로 붓이나 조각칼을 쉴 새 없이 움직여야만 만들어지는 노력의 산물이다.

그림이든 다른 예술이든 남보다 뛰어난 작품을 만들겠다고 결심한 사람은 아침에 일어나서 저녁에 잠자리에 들 때까지 온 정신을 한 가지 대상에 집중해야 한다. 두각을 나타내기로 결심한 사람은 좋든 싫든 아침이나 낮이나 밤이나 가릴 것 없이 작업에 매달려야 한다."

– 새무얼 스마일즈, 《자조론》, 225~226쪽.

책을 쓰는 작가에게 필요한 것은 재능이 아니라 끈기와 노력, 그리고 뻔뻔함이다.

04

주눅 들지 않는 책 쓰기가 관건이다

책 쓰기를 지금 막 시작하려고 하는 독자가 있다면, 한 가지만 기억하면 된다. 그것은 세상과 타인에 주눅 들지 말라는 것이다. 세상과 타인은 끊임없이 당신을 조종하려고 하고, 무엇보다 자신보다 더 뛰어나게 도약하는 것을 견디지 못한다. 그래서 무리 중에 누군가가 아주 멋진 일에 용기를 내고 도전하려고 하면, 절대 하지 말라고 수만 가지 이유를 갖다 붙인다.

승자는 무리를 지어 다니지 않는다. 그 이유가 바로 이것이다. 비슷한 수준의 친구들이 많다면, 함께 즐겁게 생활할 수 있는 기쁨과 즐거움이 있다. 하지만 성장과 발전 측면에서는 얻는 것보다 잃는 것이 더 많다. 더 높게 더 멀리 도약하고 성장할 수 있는 사람이 비슷한 수준의 친구들로 인해 정체되는 경우가 생각보다 많기 때문이다.

새로운 뭔가에 도전하려고 할 때, 세상과 타인이 무엇이라고 해도 절대 휘둘리거나 주눅 들지 않아야 하는 이유다. 세상과 타인은 책 쓰기를 시작하려고 용기를 내는 당신에게 이런 말을 할지도 모른다.

"너 같은 사람이 무슨 책을 써?"
"네가 책을 쓰면, 나도 쓰겠다."
"네가 작가야? 너는 평범한 사람이야!"
"네가 책을 쓰면 누가 읽겠어?"
"다른 사람이 형편없다고 욕하면 어떻게 할래?"
"너의 밑바닥이 드러나는 데 괜찮겠어?"

그렇다. 이런 말을 주위 사람들이, 특히 가족이나 친한 친구가 아무 악의는 없지만, 이런 이야기를 반드시 할 것이다. 그렇다면 당신은 어떻게 할 것인가? 이 말에 주눅이 들어, 책 쓰기를 시작도 하지 않는다면, 그것은 인생에서 너무나 큰 낭비이며 손해다.

책 쓰기를 통해 당신은 성장하고 발전할 수 있기 때문이다. 그런 성장과 발전의 기회를 사장해 버리는 것이기 때문이다.

책 쓰기를 통해 당신은 제2의 인생을 멋지게 살아낼 수도 있다. 하지만 이런 말에 주눅이 들어 책 쓰기를 멈추거나 시작도 하지 않는다면, 눈부신 멋진 제2의 인생을 통째로 날려버리는 것이다.

책 쓰기를 하지 않았다면, 필자가 누리는 경제적, 사회적, 정신적 성장과 발전은 없었을 것이다. 그러므로 주눅 들지 않는 책 쓰기가 당신에게 꼭 필요하다.

주눅 들지 않는 책 쓰기를 위해 당신은 완벽함을 버려야 한다. 타인의 시선과 기대에 관한 두려움을 버려야 한다. 세상의 비판과 혹평에 관한 걱정을 버려야 한다. 독자의 반응에 대한 과도한 신경을 버려야 한다.

그렇게 하기 위해 담대함이 필요하다. 담대함은 자신을 믿는 데서 시작된다. 자기 삶과 생각이 고유하다는 사실을 인정해야 한다. 그것을 받아들이고 자신을 있는 그대로 인정해야 한다. 세상에는 완벽한 인생은 없다는 사실을 인식해야 한다. 때로는 실패하고, 실수하고, 방황하고, 넘어지는 인생, 불완전하고, 때로는 한없이 초라하고 세상에 자랑할 것이 하나도 없는 인생, 그것이 바로 인생이라고 말이다.

세상과 타인에게 휘둘리지 않기 위해서는 먼저 자기 수용이 필요하다. 자신의 불완전함을 인정하고 받아들이는 용기가 필요하다. 세상 사람 모두가 그렇다. 인간은 누구나 불완전하다. 그것을 인정하고 받아들이는 것은 또 다른 형태의 용기다.

자기 자신을 수용할 때, 당신은 주눅 들지 않는 책 쓰기를 할 수 있다. 자기 수용과 함께, 세상과 타인에 휘둘리지 않기 위해서, 주눅 들지 않는 책 쓰기를 하기 위해서는 세상과 타인이 제시하는 외부의 기준이 아닌, 내적 기준을 세우는 것이 필요하다.

세상과 타인이 정한 성공과 행복의 기준이 아닌, 자신이 직접 만든 삶의 기준이 있는 사람은 세상과 타인에 휘둘리지 않는다. 자기 삶의 의미와 가치를 발견하고, 자신만의 삶의 기준이 있는 사람은 흔들리지 않는다.

인생은 무소의 뿔처럼 혼자서 가야 한다. 인생은 자신이 만든 길을 당당하게 걸어가야 한다. 진짜 인생은 자신을 믿고, 세상과 타인의 기대와 요구에 흔들리지 않고, 자신의 목소리에 귀를 기울이고, 그 길을 가는 것이다. 세상과 타인의 장단에 발맞추어 사는 인생은 가짜 인생이다. 책 쓰기도 다르지 않다.

세상과 타인에 휘둘리지 않고, 자신의 길을 당당하게 걸어가는 삶의 자세는 책 쓰기에도 그대로 필요하다. 타인을 흉내 내는 삶은 이제 멈추어야 한다.

영국의 철학자인 프랜시스 베이컨(Francis Bacon)은 놀라운 명언을 남겼다. 그것은 성공 비밀에 대한 명언이다. 즉 남과 다르게 행동하는 사람, 남들이 한 번도 시도한 적이 없는 방법을 실행하는 사람이 엄청난 성과와 성취를 할 수 있다는 것이다.

"누구도 해 낸 적 없는 성취란, 누구도 시도한 적 없는
방법을 통해서만 가능하다."

성공의 비결은 누구도 시도한 적이 없는 남과 다른 방법으로 남과 다르게 행동하는 것이다. 주눅 들지 않는 책 쓰기를 해야 하는 또 다른 이유 중에 하나도 이것이다. 세상과 타인의 눈치만 보고, 주눅 드는 책 쓰기를 하는 사람은 절대 놀라운 성취를 할 수 없다.

05

직장과 월급이 없어도 경제적 걱정이 없다

책을 쓰는 작가가 되면 좋은 점이 한둘이 아니다. 많은 좋은 점 중에서도 가장 현실적인 측면을 살펴보면, 바로 경제적 자유를 누릴 수 있다는 점이다. 책 쓰기를 하면 경제적으로 자유로울 수 있다.

책 쓰기를 통한 경제적 자유는 시간적 자유, 공간적 자유로 이어진다. 필자가 직장을 계속 다녔다면, 절대로 이런 일을 할 수 없었을 것이다.

"가족과 함께 한 달 동안 미국 동, 서부 자동차 여행"

"1년에 2~3번 이상, 한 달 동안 미국, 캐나다 여행"

"미국 뉴욕이나 캘리포니아 혹은 캐나다 밴쿠버에 두 달 살기"

그렇다. 평범한 직장인이었다면, 이런 시간적 공간적 자유
를 누릴 수 없다. 직장을 다니면 기껏해야 1~2주 휴가를 다녀
올 수 있지만, 그것도 상사나 동료의 눈치를 봐야 하고, 휴가
신청을 하기 전에, 상사에게 말해야 하고, 휴가 결제를 승인받
아야 한다. 심지어 팀 프로젝트에 영향을 주지 않는 선에서만
가능하다. 필자는 11년 동안 삼성전자에서 휴대폰 연구원이었
다. 그때처럼, 지금도 직장인이었다면, 이렇게 한 달 이상 긴 여
행을 1년에 두세 번씩 가는 경우는 거의 불가능하다. 하지만
책을 쓰는 작가이기 때문에 가능하다.

책을 쓰는 작가가 되면, 이런 시간적, 공간적 자유를 마음
껏 누릴 수 있다. 오히려 전 세계 여행을 하거나, 한 번도 가 본
적 없는 낯선 나라에 가서, 낯선 사람을 만나고 낯선 마을에서
한두 달 사는 것이 더 자연스러울 수 있다.

직장인과 책 쓰는 작가의 삶은 다르다. 직장이 없어도, 책
을 쓰는 사람은 경제적 걱정이 없다. 작가는 월급이 없어도 된
다. 단순히 책 판매 수익인 인세 때문이 아니다. 책을 쓰는 작
가는 책을 쓰는 과정에서 얻게 되는 무형의 자산과 부가가치
때문이다.

한 권의 책은 단지 글자의 나열이 아니다. 그것은 종이와 글

자의 결합도 아니다. 그것은 하나의 아이디어가 한 권의 책으로 탈바꿈하는 과정을 통해 새로운 전문가가 생기고, 세상에 없던 새로운 개념이 생기고, 어제까지 없었던 새로운 수업이 생기고, 새로운 코칭 센터가 생기고, 새로운 사업이 생기는 것과 다르지 않다. 즉 책을 쓰는 과정은 상상도 할 수 없을 만큼, 거대한 경제적, 사회적, 사업적 기회를 창출하는 과정이다.

한 권의 책은 누군가의 삶을 변화시키고, 그 사람은 또다시 다른 사람에게 영향을 준다. 이런 파급 효과는 새로운 변화를 이끈다. 그래서 한 권의 책은 세상과 타인을 변화시킬 수 있는 것이다.

책을 쓰는 과정을 통해 작가는 자기만의 고유한 아이디어를 구체화할 수 있고, 그 결과물은 수업, 강연, 코칭, 협업 기회를 만들어 낸다. 책을 쓴다는 것은 이처럼 다양한 가능성의 문을 여는 것과 같다.

책 쓰기는 단순한 지식과 경험의 전달이 아니다. 그것은 자신의 사고와 경험을 무형의 자산으로 만드는 행위다. 세상에 하나밖에 없는 자기의 삶이 자산이 되고, 자신이 브랜드가 되는 길이다. 책 쓰기를 통해 만들어진 무형 자산과 작가라는 브랜드는 경제적, 사회적, 사업적 자유를 가능하게 해 준다.

경제적 자유를 넘어, 책 쓰기는 직장이라는 틀에서 벗어나,

자유롭고 창조적인 삶을 살게 해 준다. 물론 직장에 소속되어 있다면, 소속감과 안정감을 누릴 수 있고, 매달 꼬박꼬박 월급이 나온다. 하지만 이것은 얻는 것보다 잃는 것이 더 많다.

안정된 일자리와 월급은 당신의 창의성을 억제할 수 있고, 더 큰 성공과 부를 성취할 수 있는 당신의 발목을 잡는 훼방꾼이 될 수 있다.

월급을 위해 직장을 다니는 직장인과 더 자유로운 인생을 위해 책을 쓰는 작가의 삶을 심리학자 매슬로의 5가지 욕구 단계 이론으로 비유하면, 직장인은 2단계와 3단계의 성격이 강하고, 작가는 4단계와 5단계 욕구와 직접적으로 연결되어 있다.

그는 자신의 논문에서 인간은 늘 무언가를 갈망하는 존재라고 설명했다.

> "사람은 끊임없이 욕망하는 동물이며, 아주 잠깐을 제외하고는 완벽하게 만족한 상태에 이를 수 없다. 한 가지 욕망이 충족되면, 또 다른 욕망이 그 자리를 차지한다. 이 욕망이 충족된다 해도 또 다른 욕망이 전면에 등장한다. 인간은 늘 무언가를 갈망한다."

그렇다. 인간은 늘 무엇인가를 갈망하는 존재다. 그래서 인간은 기본적으로 5단계 욕구를 가지고 있고, 인간의 욕구가 피라미드 구조로 계층화되어 있다고 그는 말한다.

그가 말하는 5단계 욕구를 간단하게 살펴보면, 가장 하위 단계는 생리적 욕구다. 생리적 욕구는 생존을 위해 필요한 음식, 물, 수면 등 인간에게 가장 필요한 기본적인 욕구다. 허기를 면하고 생명을 유지하려는 가장 원초적인 욕구다.

그다음은 안전의 욕구로, 생리적 욕구가 충족되고서 나타나는 욕구로서 위험, 위협, 박탈(剝奪)에서 자신을 보호하고 불안을 회피하려는 욕구로, 신체적 안전과 재정적 안정을 포함한다.

세 번째는 사회적 욕구 혹은 애정과 소속 욕구다. 사회적 욕구라고 말해도 되는 애정과 소속 욕구는 가족, 친구, 친척 등과의 관계를 통해 소속감과 애정을 추구하는 욕구 유형이다.

네 번째는 자기 존중의 욕구다. 이 욕구는 타인으로부터의 인정을 받고자 하는 욕구로, 모든 인간은 자신이 속한 사회로부터 인정을 받고자 하는 욕구가 있다.

마지막으로 자아실현 욕구다. 자아실현 욕구는 개인의 잠재력을 최대한 발휘하여, 자신의 가치와 목적을 발견하고, 자아실현, 자기 성취를 이루려는 최상위 욕구다.

각 단계는 하위 욕구가 충족되어야 상위 욕구로 발전할 수 있다. 책 쓰기는 경제적으로 걱정이 없는, 경제적 자유만을 가능하게 해 주는 것이 아니다. 자기 존중 욕구와 자아실현 욕구도 충족시켜 준다.

매슬로의 5단계 욕구 이론으로 비교하자면, 책을 쓰는 작가는 4단계인 자기 존중의 욕구와 최상위 단계인 5단계 자아실현 욕구에, 직장인은 2단계인 안전의 욕구와 3단계인 애정과 소속 욕구에 가깝다. 인생은 단 한 번뿐이다. 이번 생이 있고, 또 다음 생이 있는 것이 아니다. 그렇다면, 가장 최고의 삶을 추구해야 하는 것은 어쩌면 당연한 일이다.

"글쓰기를 시작하기 전에 영감이 오기를 기다린다면, 정신이 번쩍 들게 할 만큼의 통찰력을 기대한다면, 당신은 어리석을 뿐 아니라 작가와 인연이 없는 사람이다. 일단 써라, 글을 쓴다는 물리적 행위 자체가 상상력을 해방시킨다. 동작으로 아름다움을 드러낸다는 의미에서 글쓰기는 춤이나 스포츠와 같다."

– 스티븐 테일러 골즈베리, 《글쓰기 로드맵 101》, 21~22쪽.

제4장

인생 책 쓰기 어떻게 시작할까?

—

책 쓰기에 도움이 되는 조언

01

구상에서 시작해서 강연으로 마무리한다

인생 책 쓰기! 어떻게 시작할 것인가? 가장 먼저 두려움을 버려야 한다. 완벽주의도 도움이 되지 않는다. 도전 정신을 가지고 시작하면 좋다. 책 쓰기에서 가장 중요한 것은 순서이다. 책 쓰기의 순서를 제대로 알고 있는 사람이 많지 않다. 그래서 책 쓰기가 일반인들에게는 조금 난해한 과제처럼 느껴지는 것이다.

책 쓰기에도 순서가 있다. 이 순서를 잘 지켜서 책 쓰기를 하면, 책 쓰기가 갈수록 즐거운 것이 된다. 하지만 순서를 모르고 있거나, 순서를 지키지 않고 무작정 책을 쓰는 사람은 갈수록 첩첩산중이다. 순서를 모르고 있는 사람은 책 쓰기가 진행되면 될수록 큰 낭패를 보게 된다. 그것이 책 쓰기에 숨겨져 있는 함정이다.

책 쓰기는 구상에서 시작해서 강연으로 마무리해야 한다. 구상은 책의 전체적인 컨셉을 잡고, 주제를 정하여, 제목과 부제를 완성하는 것이다. 구상이 잘못되면, 여러 가지 문제가 발생한다.

구상을 잘 잡으면, 좋은 주제, 좋은 제목, 좋은 부제가 탄생하게 되지만, 잘못 잡으면, 작가가 제대로 잘 쓸 수 있는 주제가 아닌 어정쩡한 주제가 탄생하게 된다. 책을 쓰는 작가에게 이것은 치명타다.

책 쓰기에서 가장 중요한 것은 왜 좋은 주제를 만드는 것일까? 주제가 나쁘면, 동일 인물이 책을 써도, 훨씬 더 힘들게, 더 느리게, 더 어설프게 책을 쓰기 때문이다. 구상을 잘해서 좋은 주제의 책 쓰기를 하게 되면, 작가에게도 좋고, 독자에게도 좋다.

주제가 좋으면, 작가는 더 쉽게, 더 빨리, 더 잘 책을 쓸 수 있고, 독자는 강한 임팩트를 받을 수 있고, 책에 몰입해서 읽을 수 있다. 좋은 주제는 독자를 불러들이고, 팬을 만든다.

구상을 완성했다면, 그다음은 구성이다. 구성의 대표적인 형태가 목차를 구성하는 것이다. 필자가 생각하는 목차의 생명은 간결함, 독창성, 일관성이다.

목차는 간결하고 명료해야 한다. 각 장과 소제목은 핵심 주제를 정확히 담아내야 한다. 불필요한 표현은 절대 추가하지 않는다. 소제목은 복잡하지 않게, 장황하지 않게 작성하는 것이 좋다. 필자는 이런 목차를 가독성이 좋다고 표현하기도 한다. 가독성이 좋은 목차는 독자를 한순간에 사로잡을 수 있다. 가독성이 좋은 목차를 필자는 일목요연하게 작성한 목차라고도 한다.

목차는 하나가 아니라, 여러 장과 수많은 소제목으로 구성되어 있다. 그러므로 책의 핵심 주제가 일관되게 첫 장부터 끝 장까지 관통하게 하는 것이 중요하다. 목차를 구성할 때, 책의 핵심 주제 하나가 책의 처음부터 끝까지 꿰뚫게 하는 것이 중요하다. 이것이 일이관지한 목차 구성이다. 일관성이 좋은 목차를 독자에게 강력하게 메시지를 전달 할 수 있는 힘이 있다.

즉 일목요연하고, 일이관지하는 목차 구성은 최고의 목차를 만들 수 있다. 여기에 하나만 더 추가하라면, 독창성이 있는 목차다. 목차에 독창성을 추가하면, 독자의 흥미를 유발할 수 있고, 차별화된 방식과 표현으로 독자에게 더 강한 인식을 줄 수 있다. 즉 독자의 마음을 사로잡을 수 있는 목차가 된다. 독창성이 강한 목차는 책의 주제뿐만 아니라 책 자체를 독자에게 강렬하게 각인시킬 수 있다.

책의 첫 번째 순서인 구상과 구성을 성공적으로 완성했다면, 서문을 작성하면 된다. 서문을 작성한 후 곧바로 본문 쓰기를 해도 좋지만, 더 좋은 방법은 기획서를 작성하는 것이다. 기획서를 본문 쓰기 이전에 작성할 것을 조심스럽게 추천한다.

그 이유는 무엇일까? 본문 쓰기 이전에 기획서를 작성해 보는 것은, 본문을 더 정확하게, 제대로, 잘 쓸 수 있게 해 주는 하나의 장치와 같다. 기획서 작성을 통해, 자신이 쓰는 책의 차별화, 내 책의 장단점, 정확한 집필 의도, 내 책의 정확한 포지셔닝, 대상 독자, 홍보 문구, 핵심 주제 등을 다시 한번 제대로 인식할 수 있기 때문이다.

출간기획서 작성을 통해, 내가 쓰고 있는 책의 정확한 포지셔닝과 차별화, 장단점, 기획 의도 등을 더 정확히 알고 나서, 본문을 쓰는 사람과 그렇지 못한 사람 사이에는 격차가 발생하기 때문이다. 이것은 마치 목적지를 정확히 알고 가는 사람과 목적지를 애매모호하게 알고 가는 사람의 차이와 같다.

서문 작성과 본문 작성은 성격이 완전히 다르다. 이것을 잘 알아야 한다. 서문의 질의 문제이고, 본문은 양의 문제이다. 그래서 본문은 엉덩이로 써야 하고, 서문은 머리와 가슴으로 써야 한다.

서문은 독자를 사로잡아야 하고, 최면을 걸어야 한다. 어떤 최면을 걸어야 할까? '이 책은 바로 나를 위한 책이네!'라는 최면을 걸 줄 알아야 좋은 서문이다. 최면을 거는 서문을 작성하기 위해, 필요한 것은 무엇일까? 그것은 문장을 힘찬 언어를 사용해서, 짧고, 간결하게 작성하는 것이다. 전달력이 약한 서문은 절대로 독자를 사로잡을 수 없다.

본문 쓰기에서 가장 중요한 것은 분량을 채워야 한다. 신문 기사를 작성할 때, 분량을 채우지 못 해서, 반 이상을 여백으로 인쇄한 신문은 존재하지 않는다. 책도 마찬가지다. 분량을 채우는 것이 가장 큰 과제다. 본문 쓰기를 할 때, 너무 잘 쓰려고 마음이 앞서면 안 된다. 놀이터에서 어린아이가 노는 것처럼, 즐기려고 하는 마음이 중요하다. 인간은 즐길 때, 가장 창조적인 존재가 되기 때문이다.

책 쓰기는 하나의 기술이다. '구슬이 서말이라도 잘 꿰어야 보배가 된다'는 말이 있다. 책 쓰기는 바로 구슬을 잘 꿰는 기술이다. 이 기술을 잘 배우고 익힌 사람은 경쟁력 있는 작가로 지속해서 책을 출간할 수 있다. 이렇게 하기 위해서는 책과 책 쓰기에 대해 문리가 트여야 한다. 즉 책이란 무엇이며, 책 쓰기를 어떻게 해야 하는 것인지를 통찰하고 통달해야 한다. 이것은 오랫동안의 경험과 지식이 필요하다. 이런 경험과 지식은 하루 아침에 얻을 수 있는 것이 아니다. 그래서 전문가에게 지식과 경험, 노하우와 원리를 배우는 것이 더 현명한 방법이기도 하다. 시간과 세월을 아낄 수 있고, 더 큰 발전을 이룰 수 있기 때문이다.

원고 투고를 통해 출판사와 계약을 하면, 출간은 시간 문제가 된다. 책 쓰기에 있어서 가장 힘들고 어려운 것은 본문 쓰기가 아니라 출판사와의 계약이다. 원고 쓰기는 누구나 할 수 있다. 하지만 출판사와 계약하는 것은 아무나 할 수 없다. 출판사라는 시험에 합격해야 가능하기 때문이다.

책 출간이 되었다고 모든 것이 끝난 것은 아니다. 출간이 되면 작가는 비로소 독자와 소통이 정식으로 시작된 것을 의미한다. 책을 출간한 작가가 가장 쉽게 독자와 소통하는 길은 저자 강연이다. 저자 강연을 통해 책의 내용을 더 깊게 전달하고, 자신을 세상에 알려야 한다.

책 쓰기의 여정은 구상에서 시작해서, 강연으로 끝이 나야 한다.

02

큰 것부터 시작해서 작은 것을 작업한다

문장을 쓸 때, 목차 구성을 할 때, 공통된 접근 방법이 하나 있다. 그것은 큰 것부터 시작해서 작은 것으로 접근한다는 것이다. 이것이 무슨 말일까?

먼저 문장 쓰기에 관해서 이야기 해 보자. 역대 대통령 연설문 중에 하나에 있는 문장을 예로 들어보자.

"국민 여러분!

동북아 시대를 열고, 한반도에 평화를 정착시키려면, 우리 사회가 건강하고 미래지향적이어야 합니다. 힘과 비전을 가져야 합니다. 그러자면 개혁과 통합을 위한 지속적 노력이 필요합니다. 개혁은 성장의 동력이고, 통합은 도약의 디딤돌입니다."

이 문장을 보면, 가장 큰 것, 동북아 시대를 먼저 이야기했고, 그다음이 한반도 평화를 이야기했고, 마지막이 우리 사회를 언급했다. 즉 문장을 쓸 때, 가장 큰 것부터 시작해서, 작은 것으로 접근한 것을 알 수 있다. 또 다른 역대 대통령 연설문 중에 한 문장을 살펴보자.

"존경하는 국민 여러분!

이 시점에서 우리 함께 다짐해야 할 것이 있습니다. 급변하는 시대 흐름을 냉철하게 인식하고 스스로 변해야 한다는 각오를 새로이 하는 일입니다. 우리가 방심하는 사이 세계는 우리를 저만치 앞질러 가고 있습니다. 후발국들도 바짝 추격해 오고 있습니다. 국가경쟁력은 떨어지고 자원과 금융시장의 불안이 우리 경제를 위협하고 있습니다. 국내 사정도 쉽지만은 않습니다. 중산층은 위축되고 서민 생활은 어려워졌습니다. 계층 간, 집단 간의 관계는 여전히 갈등과 투쟁의 늪에 빠져 있습니다. 시민사회는 양적으로 성장했지만, 권리 주장이 책임 의식을 앞지르고 있습니다. 저출산　고령화 사회가 오고 있습니다.

분단국으로서 지고 있는 짐도 무겁습니다."

이 문장을 봐도, 순서는 큰 것부터 시작해서 작은 것으로 접근한다. 가장 큰 것인 세계를 이야기하고, 후발국들을 언급한 후, 그다음에 국가경쟁력을 언급하면서, 점차 국내 사정 이야기를 한다. 국내 사정 이야기를 하면서, 중산층, 서민 생활, 시민사회를 이야기하고, 그다음에 좀 더 작은 저출산, 고령화를 이야기한다.

이런 접근법은 목차 구성을 할 때도 그대로 적용된다. 목차 구성을 할 때, 가장 큰 목차인 장을 먼저 다 완성한 후, 소목차를 완성하는 것이 가장 쉽고 좋은 방법이다. 이 순서를 지키면, 목차 구성이 너무나 쉽게 끝나는 것을 경험하게 된다.

목차 구성을 작성할 때, 필자가 남들과 다르게 강조하는 것이 하나 있다. 그것은 바로 목차 구성의 순서다. 같은 이야기를 해도, 순서가 바뀌면, 독자가 받는 영향과 인상도 바뀐다. 이런 사실을 정확히 연구한 작가가 사이먼 사이넥(Simon sinek)이다. 그는 자신의 저서와 강연을 통해 골든 서클 이론을 세상에 알렸다.

세상을 바꾼 이들의 공통점은 무엇일까? 그들은 모두 WHY로 시작한다는 공통점이 있다. 사이넥은 그 대표적인 사례로

라이트 형제, 애플, 마틴 루서 킹 목사를 이야기한다. 세상을 변화시킨 리더와 회사는 생각하는 순서가 다르다. 보통 사람들은 WHAT을 먼저 생각하고, 그다음 HOW를 이야기하고, 마지막에 WHY를 말한다. 하지만 위대한 리더는 그 반대다.

세상을 바꾼 위대한 리더는 '왜'를 먼저 이야기한다. 그리고 그다음이 어떻게 할 것인지를 알려 주는 방법에 관해서 이야기하고, 마지막이 무엇을 할 것인가를 정한다. 보통 사람들은 직원들에게, 주위 사람들에게 '이거 하자' '저거 하자'를 먼저 이야기한다. 하지만 위대한 리더는 '왜 해야 하는지'를 먼저 이야기한다. 전자와 후자의 차이는 엄청나다. 후자의 경우는 직원들에게 열정을 불러일으켜서 온 힘을 다해 일을 하게 한다.

스티브 잡스가 혁신의 아이콘이 될 수 있었던 것도 이런 골든 서클 이론을 사업에 적용시켰기 때문이다. 애플은 철학을 가지고 있었다. 즉 일을 하는 이유가 분명했고, 그것을 먼저 세상에 알렸다.

> "우리는 세상을 바꾸는 혁신을 통해 인간의 경험을 향상
> 시키고, 창의성과 개성을 존중하는 기술을 만듭니다."

사이먼 사이넥보다 더 학문적으로 전달의 기술을 연구한

학자가 있다. 바로 세계적인 교육학자이자 뇌 과학 권위자인 버니스 매카시 박사다. 그는 학습이나 의사소통에 있어서, 핵심 주제, 문제의 핵심을 전달하는 최고의 기술을 우리에게 알려주는 학습 이론인 4MAT 시스템을 제시했다. 인간의 학습 유형을 Why 형, What 형, How 형, If 형의 네 가지로 분석한 이 시스템은 학습 이론으로 끝나지 않고, 전달의 기술로 확장할 수 있다.

4MAT 시스템은 인간의 사고 흐름에 맞추어져 있기 때문이다. 인간은 무엇인가를 제대로 배우기 전에 '왜'라는 질문을 먼저 한다. 이 질문을 통해 우리는 무엇을 배울 것인가를 확정하고, 그것에 대해 어떻게 하면 되는지 알고 나서, 마지막으로 자기 삶에 적용하게 된다. 즉 의미를 먼저 찾고 나서, 제대로 알고 싶어하고, 제대로 알고 나서, 방법과 적용을 한다. 이 시스템에서도 강조하는 것은 순서다.

목차 구성을 할 때, 순서가 중요한 이유가 이것이다. 막연하게 작가가 제시하는 기준에 의한 순서보다는, 인간의 사고 흐름에 기반한 순서로 목차를 구성하는 것이 훨씬 더 강력한 목차를 작성할 수 있다. 이 두 가지 이론을 기반으로 필자가 제안하는 목차 구성의 순서는 이렇다.

1장은 WHY를 이야기한다. 작가는 이유나 필요성, 동기, 명분 등을 통해 독자의 관심과 흥미를 끌어낼 수 있기 때문이다. 2장은 WHAT이다. 이 책의 주제가 정확히 무엇인지를 알려 주어야 한다. 3장은 IF다. 이 책을 읽지 않으면, 어떤 손해를 보는지를 설명해 주어서, 독자를 붙잡아야 한다. 4장은 HOW다. 이 책의 주제를 독자들이 어떻게 삶에 적용하고 실천할 수 있는지, 그 방법을 알려 준다. 5장은 CASE다. 이 책에서 주장하는 내용을 실제로 실천해서 성공한 사례를 알려 줌으로써, 책의 신뢰성을 높이고, 독자들도 실천할 수 있게 길을 알려 준다.

목차 구성을 작성할 때도 사고 흐름의 측면에서 볼 때, 큰 것, 중요한 것으로 시작해서 작은 것, 덜 중요한 것으로 진행해 나가는 것이 중요하다. 사이먼 사이넥의 골든 서클 이론도, 버니스 매카시 박사의 4MAT 시스템도 사고의 흐름, 순서를 가장 중요시한다는 사실을 잊어서는 안 된다.

초고 작성은 거세게, 멈추지 말고, 빨리 끝낼수록 좋다

책 쓰기에 생애 최초로 도전하는 예비 작가에게 가장 힘든 과정은 무엇이냐고 질문을 했다. 어떤 답변이 가장 많이 나올까? 1초도 망설이지 않고, 원고 집필이라고 답변하는 작가가 가장 많았다. 물론 예외도 있지만, 대부분 작가가 가장 힘들어하는 과정이 원고 초고 작성이다.

초고 작성이 힘든 이유는 불필요한 시간과 노력을 투자하기 때문이다. 보통 1년 동안 책 한 권을 쓰라고 하면, 첫 10개월 정도는 놀다가, 마지막 2개월 동안 책을 쓴다. 이것은 불필요한 시간 10개월이라는 시간이 효율적으로 사용하지 못한 시간 낭비와 같다.

초고 작성을 좀 더 쉽게 편하게 빨리 잘하는 방법이 있다.

그것은 초고 작성은 기세와 같다. 초고 작성은 거세게, 빨리. 집중해서 1~2개월 만에 끝내는 것이다. 빨리 끝낼수록 좋은 이유는 초고를 작성하다가, 중간에 몇 개월 이상 멈추고 다른 일을 하다가, 나중에 다시 중간에 쓰려고 하면, 몇 배나 더 힘들어진다. 그래서 책 쓰기는 기세다. 전쟁에서도 기세를 중요시한다. 책 쓰기는 전쟁과 같다. 자신과의 싸움에서 이겨야 하고, 세상과 타인의 시선과 평가와 싸워 이겨야 한다. 세상과 타인의 평가와 시선에 휘둘러서는 안 된다.

원고 작성을 할 때, 또 한 가지 특징은 많은 예비 작가가 완벽한 준비를 하기 위해 초고 작성을 미루는 경향이 있다. 이런 경우는 결국 초고 완성을 못 하거나, 엄청나게 많은 시간과 노력을 들여서 겨우 끝내게 된다. 이럴 경우의 병폐를 잘 언급한 책이 있다. 바로 《손자병법》이다.

중국 최초의 병법서인 《손자병법》은 중국 춘추시대 오나라 합려(闔閭)를 섬기던 명장 손무(孫武, BC 6세기경)였던 손자(孫子)가 2,500년 전에 저술한 책이다. 이 책의 제2장 '작전편'에 보면, 이런 이야기가 나온다.

> "전쟁을 해서 이길지라도 시간을 오래 끌면 병기가 무디어지고 병사들의 사기가 떨어진다. 그리하여 군대가 성

을 공격하면 곧 힘이 다하고, 또한 전투가 길어지면 나라의 재정이 바닥나게 된다. 병기가 무디어지고 군대의 날카로운 기운이 꺾이고 힘이 떨어지며, 나라 살림이 바닥나면 그 틈을 이용하여 이웃의 제후들이 일어날 것이다. 이렇게 되면 비록 지혜 있는 사람들이 있다 할지라도 사태를 수습할 수 없다. 그러므로 전쟁은 졸속으로 하는 한이 있더라도 빨리 끝내야 한다는 말은 들었어도, 뛰어난 작전치고 오래 끄는 것을 본 적이 없다. 무릇 질질 끄는 전쟁이 나라에 혜택을 준 적은 지금까지 없었다."

그렇다. 우리는 손자병법에 나와 있는 이 말의 지혜를 책 쓰기에 적용할 필요가 있다.

"졸속(拙速)이 지완(遲完)을 이긴다."

전쟁에서 승리하기 위해서는 전략과 전술을 잘 구사해야 한다. 하지만 많은 이들이 완벽한 준비를 위해 빠르게 속전속결로 끝내지 않고, 전쟁을 지연시키거나 미루다가 결국 패배하거나, 승리한다고 해도 너무 많은 시간이 소요되었기 때문에, 상처뿐인 승리가 될 수 있다는 말이다.

책 쓰기도 이와 같다. 책 쓰기는 특히 초고 완성은 졸속으로 끝내는 것이 낫다. 초고 완성 이후 퇴고를 오랜 시간과 정성을 들여서 할 수 있기 때문이다. 초고 완성이 책 쓰기의 완성이 아니기 때문이다. 초고는 전체적인 밑그림 완성이라고 생각하면 된다.

좋은 책 쓰기는 오래 끌지 않는다. 질질 끄는 책 쓰기는 우리에게 그 어떤 혜택도 주지 않는다. 같은 책 13편 중에 '병세 편'에도 보면, 전쟁을 치를 때에는 맹렬하고 급격하게 해야 한다고 주장한다.

'잘 싸우는 자의 기세는 마치 바위를 천 길
낭떠러지에서 굴러 내리는 것과 같이 하는 것,
그것이 기세다.'

즉 바위가 낭떠러지에서 굴러 내려오는 것과 같은 기세로 책을 쓰는 것이 좋다. 책을 쓰는 것이 더 쉬워지고 편해지고, 시간도 적게 걸리기 때문이다. 책 쓰기의 효율성을 생각하면, 이 말이 여러모로 정답이라는 생각이 든다.

초고 작성은 자신의 생각과 아이디어를 자유롭게 흘러가게 하는 것이 중요하다. 그 과정에서 더 좋은 생각과 아이디어가 탄생하게 될 수도 있다. 초고는 생각과 아이디어를 마음껏 원고지 위에 펼쳐 놓은 과정이다. 여기서 완벽주의는 백해무익하다.

초고 작성을 할 때는 졸속으로 하고, 퇴고는 지완으로 하는 것이 좋다. 졸속이 지완보다 유익한 점이 많기 때문이다. 전쟁이든 책 쓰기든 너무 오랫동안 하는 것은 스스로를 지치게 하고 약하게 만든다. 초고 작성은 빨리 끝내는 것이, 완벽한 책을 쓰기 위해 오랜 시간을 투자하는 것보다 훨씬 이로운 점이 많다.

초고 작성을 위해서는 완벽함을 버려야 한다. 완벽하지 않아도, 빨리 끝내는 것, 심지어 끝낼 줄 아는 것이 낫다. 이런 사실을 우리에게 강조하는 사람이 스티브 잡스다. 그는 혁신의 아이콘이다. 인류에게 스마트폰이라는 새로운 혁신 기기를 접하게 해 준 1등 공신이다.

필자도 마찬가지로 스마트폰을 연구 개발한 연구원이었다. 삼성전자도 그렇겠지만, 애플도 역시 새로운 제품을 개발하고 출시할 때가 되면, 소프트웨어가 완벽할 수는 없다. 늘 시간에 쫓기게 되고, 출시일은 바로 내일로 다가온다.

소프트웨어가 완벽하지 않아서, 출시할 수 없다고 엔지니어들이 아수성을 쳐도, 리더는 이런 말을 해야 한다. 스티브 잡스가 했던 말처럼 말이다.

"진정한 프로(예술가)는 끝낼 줄 안다."

책을 쓰는 작가는 프로가 되어야 한다. 진정한 예술가가 되어야 한다. 그러므로 초고 작성도 빨리, 끝낼 줄 알아야 한다. 그것이 가장 쉬운 길이다.

원고 집중 집필 기간을 만들어서 하라

책 쓰기를 시작하는 이들에게 꼭 하고 싶은 말은 이것이다.

'원고 집중 집필 기간을 만들어라.'

원고 집중 집필 기간은 말 그대로 원고 쓰기에 집중하는 기간을 말한다. 필자는 평생을 살면서, 딱 3년 집중 독서 기간을 만들어서, 실천했다. 그것이 3년 독서 기간이었다. 3년은 1,000일과 비슷하다. 추석 명절이나 설 명절, 연말연시 휴일 등등을 빼면, 필자는 '1,000일 독서'라는 독서 집중 기간을 만들어, 독서만 했던 적이 있다.

이런 독서 집중 기간을 통해 평범한 사람이 책 쓰기를 가르치는 코치로, 독서법을 창안해서 독서법을 가르치는 코치로 도약할 수 있었다. 필자처럼 독서 집중 기간을 만들어, 독서에 매진한 사람이 찾아보면 적지 않다.

독서 집중 기간을 통한 독서로 인생을 바꾸고 성공한 사람 중에 한 명이 손정의 회장이다. 그는 3년 동안 병상에서 독서 집중 기간을 만들어, 독서만 했다. 그는 4,000권의 엄청난 책을 독파해 낸 후, 소프트 뱅크라는 기업을 일본 최고의 기업으로 성장시킨 아이디어와 지혜를 얻게 되었다.

2년 6개월이라는 기간 동안 불치병으로 누워 있던 박 성수 회장은 이 기간을 독서 집중 기간으로 삼아, 3,000권의 책을 독파했다. 그 후 이랜드라는 기업을 창업하여, CEO가 될 수 있었다.

오랜 정치의 풍파 속에서도, 4년 동안 감옥 기간을 독서 집중 기간으로 삼아, 엄청난 책을 읽은 고 김대중 전 대통령은 독서를 통해, 사고와 의식 수준이 비약적으로 도약하는 것을 실제로 체험했다. 그 후 대한민국 역사상 최초로 노벨상 수상자가 되었다.

'사람은 책을 만들고 책은 사람을 만든다.'는 말로 잘 알려진 교보생명 창업주 대산 신용호 회장도 독서 집중 기간을 통해 인생을 바꾼 인물이다. 그는 가정 형편 때문에 초등학교도 제대로 다니지 못했고, 졸업도 하지 못했다. 중학교도 제대로 다니지 못했던 그는 3년 동안 천일 독서 기간을 정해서, 그 당시 출간된 책을 모두 읽으려고 했다. 3년 동안의 독서 집중 기간은 그를 성장시켰고, 발전시켰다. 그 덕분에 그는 세계 어느 나라에도 없는 독창적인 상품인 '교육보험'을 개발해 보급했으며, 광화문에 국내 최대의 서점을 세우고 학생들의 배움의 터전으로 삼도록 했다. 그가 이 같은 업적을 이뤄낼 수 있었던 비결은 독서 집중 기간을 통한 독서의 힘이었다.

이들뿐만이 아니라, 이문열 작가도, 도올 김용옥 선생도, 시골 의사 박경철 원장도, 일본의 저술왕 나카타니 아키히로도, 중국의 국부 모택동도, 나폴레옹도, 에디슨도 모두 독서 집중 기간을 만들어, 독서를 집중적으로 한 인물들이다.

필자는 독서 집중 기간과 같은 원리를 책 쓰기에 적용했다. 그래서 책 쓰기 집중 기간을 두고, 책 쓰기에만 전념한 적이 있었다. 그것이 바로 2011년부터 2013년까지였다. 3년 동안의 책 쓰기 집중 기간을 통해 필자는 최소 50권 이상의 책을 집필했다. 따지고 보면 가장 행복했던 창작의 시간이었다. 책 쓰기 집중 기간을 통해 필자는 2013년 1년 동안에 23권의 책을 정식으로 출간했다.

필자처럼 3년 동안 밥만 먹고 책 쓰기만 하는 책 쓰기 집중 기간을 만들라는 말은 아니다. 직장인이거나 가정주부라면 현실적으로 불가능하다. 누구나 현실적으로 가능한 것이 1개월 혹은 2개월 시간을 내서 '원고 집필 집중 기간'을 만드는 것이다.

'원고 집필 집중 기간'은 1개월 혹은 2개월을 시골이나 조용한 산속에 들어가서 한 달 살기를 하면서 하는 것이 가장 좋은 방법이다. 물 좋고 공기 좋은 어촌이나 농촌에 가서, 작은 방 하나를 빌려서 한 달 살기 하는 것은 그렇게 돈이 많이 들지 않는다. 유명한 관광지는 오히려 사람이 많고, 붐비기 때문에 책 쓰기에 적합하지 않다.

아무도 가지 않는 조용한 산골이나 해안가 근처면 더할 나위 없이 좋다. 직장인이라면 1~2주 정도 휴가를 내서, 단기 원고 집중 기간을 가지는 것이 좋다. 휴가를 도저히 낼 수 없는 독자라면, 매일 하루에 1시간 혹은 2시간씩 집필을 하는 기간을 정해서 일상에서 집필 기간을 만드는 것도 좋다.

원고 집중 집필 기간은 필자의 경험에서 나온 하나의 책 쓰기 팁이다. 집중 기간을 가지고 원고를 쓰면 좋은 이유는 책 쓰기가 하나의 습관이 되기 때문이다. 그래서 집중 기간이 끝이 나도, 책 쓰기를 하나의 일상처럼 계속하게 되는 유익함을 얻을 수 있다.

원고 집중 집필 기간을 만들어 책 쓰기를 하면 집중력이 강화되어, 성과를 극대화할 수 있다. 세상에서 가장 중요한 것 중에 하나가 효율성이다. 그런데 원고 집중 집필 기간은 책 쓰기의 효율성을 극대화하게 해 준다.

일정 기간 하나의 주제에 대해 깊게 몰입하면, 그 주제에 대한 통찰력이 넓어진다. 이것은 오롯이 책 쓰기의 성과로 이어지고, 독자에게 더 큰 울림을 줄 수 있다. 그뿐만 아니라 새로운 내용에 대한 아이디어와 생각이 꼬리에 꼬리를 물고 이어지며, 창의성과 영감이 끊어지지 않고 지속되는 유익함도 얻을 수 있다.

05

마감 기한은 매일 필요하다

책 쓰기를 할 때 가장 큰 문제는 무엇일까? 초보 작가를 가장 힘들게 하는 것은 한 마디로 '용두사미'라는 말이다. 시작은 거창하게 했지만, 끝마무리를 못 하고 흐지부지해져서 결국은 책 쓰기를 완성하지 못하는 경우가 가장 많기 때문이다.

왜 용두사미로 끝이 나는 것일까? 그 예방책은 무엇일까? 용두사미로 끝이 나는 가장 큰 이유는 책 쓰기의 경험 부족과 기술 부족이다. 책 쓰기를 해 본 적이 없으므로, 경험이 없으므로 페이스 조절을 할 줄 모르고, 꼭 필요한 책 쓰기 기술이 없으므로, 쉽게 진도를 나가야 하는 부분에서 좌절을 경험하고 결국 포기하게 되는 것이다.

책 쓰기도 하나의 기술이라는 사실을 꼭 기억해야 한다. 그런 기술을 경험자 혹은 전문가 혹은 책 쓰기 코치에게 배운다면, 시간과 세월을 아낄 수 있고, 거인의 어깨에서 시작할 수 있기에, 출발선이 달라진다. 이것은 현명한 선택이다. 이것은 불법이나 편법이 아니다. 세상에 존재하는 모든 교육의 원리가 이것이다. 평생 무엇인가를 연구하고 공부한 학자들에게 그 모든 학문을 빨리 배워서, 그 거인의 어깨 위에서 20대나 30대 나이에 시작하게 되면, 이룰 수 있는 학문의 수준이 훨씬 더 높아진다. 바로 이런 교육의 원리 때문에 인류는 우주선을 만들어 달에도 갔다 올 수가 있었다. 책 쓰기에도 이런 원리는 그대로 적용이 가능하다.

학교에 다닐 것인지, 독학할 것인지는 독자의 선택이며 몫이다. 어쨌든 책 쓰기 기술을 배운 후 책 쓰기에 도전하는 예비 저자든, 혼자서 책 쓰기에 도전하는 독자든 상관없다. 책 쓰기에 있어서 중요한 팁 중 하나는 반드시 마감 기한을 두라는 것이다.

인간은 정말 게으른 동물이다. 기한이 없으면, 우리는 느슨해지고, 생산성과 집중력이 떨어질 수밖에 없다. 이것은 인간의 본성이기도 하다. 이런 본성을 잘 활용해야 한다. 인간은 마감 기한을 두면, 동기 부여가 되고, 긴장감과 책임을 느끼게 되어, 시간과 자원을 가장 효율적으로, 효과적으로 사용할 수 있게 된다.

　우리는 호모 파베르다. 도구를 이용할 줄 아는 인간이다. 학교라는 시스템도 하나의 도구이며, 회사라는 시스템도 하나의 도구이며, 마감 기한을 두는 것도 하나의 도구다. 학교라는 시스템을 통해 인간은 훨씬 더 빨리, 더 많이, 더 높게 배우고 성장할 수 있다. 회사라는 시스템도 마찬가지다. 혼자서는 도저히 할 수 없는 일들을 회사라는 시스템을 통해 이루어내고, 수익을 창출하고, 세상을 바꾼다. 휴대폰도 하나의 도구다. 휴대폰을 통해 우리는 지구 반대편에 있는 사람과 얼굴을 보면서, 통화를 할 수 있다. 마감 기한도 하나의 도구다.

　마감 기한을 만들어 놓으면, 시간과 자원을 낭비하지 않고, 가장 효율적으로 이용할 수 있다. 마감 기한을 두고 일을 하면, 때로는 자기 능력 이상으로, 자신을 뛰어넘어 성과를 내기도 한다. 이것은 마치 전쟁에서 배수진과 같은 역할을 해 준다.

　배수진이라는 말이 처음 사용된 것은 중국이다. 기원전 202년, 한나라의 유방이 초나라의 항우와 전쟁을 벌이던 중, 장수 한신이 배수진이라는 전략으로 전투에서 승리했다. 배수진은 병사들이 강을 등지고 적과 마주하여 싸우게 하는 전략이다.

　앞에는 적이 있고, 뒤에는 강이 있기에, 후퇴할 수 없는 상황을 일부러 만들어, 목숨을 걸고 싸울 수밖에 없다. 책 쓰기를 할 때, 매일 마감 기한을 만들어 놓고 책 쓰기를 하면 그것은 전쟁에서 배수진을 치는 것과 같은 효과를 얻을 수 있다.

'지금부터 1시간 동안 원고 1페이지를 반드시 쓸 것이다.'
'오늘은 꼭 도서관 문 닫을 때까지 2장에 첫 번째 소목차를 완성할 것이다.'
'오전까지 원고 3페이지를 꼭 초안을 완성할 것이다.'

이런 목표와 마감 기한을 두고 책을 쓰는 사람과 무작정 책을 쓰는 사람은 마인드와 자세부터 다르다. 눈빛도 달라진다. 이런 마감 기한을 두고, 목표를 설정하면, 우리의 뇌도 이 목표에 맞추어 움직인다.

마감 기한이 없을 때 우리는 나사가 풀리고, 정신이 분산되고, 집중하기 힘들다. 하지만 마감 기한을 두면, 우리 뇌는 이를 긴급 상황으로 인식한다. 이때 뇌는 아드레날린과 같은 신경 화학 물질을 분비하여, 집중력과 행동력을 강화하고, 우리로 하여금 몰입 상태에 빠지게 하여, 집중력과 생산성을 극대화한다.

마감 기한은 뇌가 불필요한 작업을 하지 않게 배제하고, 꼭 필요한 작업을 우선순위에 두게 하여, 소중한 시간과 에너지를 전부 책 쓰기에 쓰게 해 준다. 마감 기한은 주어진 우리의 자원과 노력을 한 곳에 집중하게 해 준다. 또한 마감 기한은 우리의 행동을 단순하게 해 주어, 책 쓰기 외에는 그 어떤 불필요한 행동도 하지 않게 통제해 준다.

마감 기한을 두는 것은 가장 효과적인 도구를 하나 만들어 놓는 것과 같다. 마감 기한이라는 도구를 통해 우리는 뇌를 효과적으로 자극하고 활성화하게 할 수 있다.

"탁월함은 어떻게 끌어내는가? 확실한 방법은 없지만 한 가지는 분명하다. 엄청나게 많이 쓰지 않고서 탁월한 글을 써낼 가망은 없다. 상당수는 나쁜 글이 될 것이다. 방대한 연습과 경험을 원한다면 지성이 잘 작동할 때만 글을 쓸 수 없는 노릇이다. 게다가 글쓰기에서 어떤 즐거움을 느끼지 못한다면 많이 쓸 수 없고, 나쁜 표현이 나올 때마다 움찔해서 쓰기를 멈추고 고치려고 해서야 즐거움을 맛볼 수 없다. 충분히 써야 그래도 탁월한 글을 써낼 가망이 있다."

– 피터 엘보, 《힘 있는 글쓰기》, 24~25쪽.

제5장

베스트셀러 작가의
인생 책 쓰기
기술

—

책을 쉽게 쓰는 5가지 방법

01

주제를 여덟 글자로 명확히 하라

책 쓰기에도 좋은 방법과 전략은 있다. 똑같은 사람이 책 쓰기를 해도, 어떤 방법과 전략으로 하느냐에 따라 훨씬 더 쉽고 편하게 빨리 그것도 자신의 실력을 뛰어넘어 더 잘할 수 있기 때문이다. 당신은 책 쓰기를 할 때, 지금 당장 적용할 수 있는 효과적인 방법과 전략이 있는가?

책 쓰기를 좀 더 쉽게 편하게 빨리 잘하는 방법과 전략 중 하나는 주제를 여덟 글자 이내로 명확히 하는 것이다. 책 쓰기를 본격적으로 시작하기 전에 주제를 여덟 글자 이내로 명확히 해야 한다.

열정과 의지를 가지고, 과감하게 열심히 책을 쓰고 있는 초보 작가가 있었다. 그에게 필자가 이런 질문을 한 적이 있다.

"작가님, 지금 쓰고 있는 책의 주제는 무엇입니까?"

누구보다 열심히 책을 쓰고 있었던 그 작가는 너무나 장황하게 책의 주제를, 열정을 가지고 설명하기 시작했다. 너무나 장황하게, 설명하는 것이었다. 필자는 딱 잘라서 이렇게 질문했다.

"책의 주제를 여덟 글자 이내로 명확히 말할 수 있나요? 한 가지 조건이 있습니다. 잠을 자고 있을 때, 누군가가 비몽사몽간에 깨워서 주제가 무엇인가요? 라고 했을 때, 아무 생각도 하지 않고, 명확한 책의 주제가 여덟 글자 이내로 툭 튀어나올 수 있나요?"

이 질문을 듣고서야 초보 작가는 필자가 질문한 의도를 깨닫고, 자신이 책을 열심히 쓰고는 있지만, 책의 주제를 여덟 글자 이내로 명확히 하지 않았다는 사실을 알았다. 책의 주제를 명확히 하는 것과 하지 않는 것은 왜 큰 차이가 있을까?

많은 작가가 책을 쓰고 있지만, 책의 주제를 막연하게 알고 있는 것과 명확히 여덟 글자 이내로 말할 수 있는 것은 큰 차이가 있다. 그것은 주제를 제대로 알고 있는지, 아니면 표면적으로 피상적으로 알면서, 깊게 제대로 알고 있다고 착각하는지의 차이다.

현대 물리학의 아버지로 널리 알려진 아인슈타인은 이런 사실에 대해서 아주 중요한 명언을 남겼다.

"당신이 그것을 간단하게 설명할 수 없다면, 당신은 그것을 충분히 이해한 것이 아니다." (If you can't explain it simply, you don't understand it well enough.)

그렇다. 장황하게 설명하는 사람은 자신의 책 주제를 제대로 충분히 이해한 것이 아니다. 그래서 이런 상황에서 책을 쓰게 되면, 주제가 산으로 가고, 강으로 가게 된다. 자신이 책을 쓰면서도 주제를 벗어나는 경우가 많아서, 결국 독자에게 강한 임팩트를 줄 수 없다. 더 큰 문제는 책을 쓰는 작가는 큰 혼란과 어려움을 겪게 된다. 책 쓰기를 즐길 수 없게 된다. 이것이 가장 큰 문제다.

책 쓰기를 본격적으로 시작하기 전에 주제를 여덟 글자 이내로 명확히 하는 것은 책 쓰기를 훨씬 더 쉽게 편하게 빨리할 수 있게 해 주는 전략이며 방법이다. 이 전략을 효과적으로 잘 사용하기 위해서는 한 가지 조건이 더 필요하다. 그것은 누군가가 책의 주제가 무엇인지 질문을 할 경우 머리로 생각해서 답변하면 안 된다는 것이다.

의식과 무의식 속에 책의 명확한 주제를 집어넣어야 한다. 그래서 비몽사몽간에도 책의 주제를 누가 물어보면, 반사적으로 입에서 튀어나오게 해야 한다는 것이다. 머리로 생각해서 말하는 것과 무의식적으로 튀어나오게 하는 것은 큰 차이가 있다.

책을 쓰는 작가가 책의 주제를 몸과 마음을 다 바쳐, 온몸으로 뼛속까지도 알고 있다면, 책을 쓰는 것이 훨씬 더 쉬워지고 명확해지고 정확해진다. 이렇게 되면 작가에게도 좋지만, 독자에게는 더 좋다. 독자는 훨씬 더 쉽게 책의 메시지를 이해할 수 있게 된다.

책 쓰기에서 가장 어려운 과제는 책의 주제와 내용을 어떻게 쉽게 제대로 잘 전달할 것인가이다. 책을 쓰는 작가가 주제를 명확히 할 경우, 이것은 훨씬 더 쉬운 숙제가 된다.

02

대상 독자를 실제 인물로 하라

책을 쉽게 제대로 잘 쓰는 방법 중 또 다른 하나는 대상 독자를 실제 인물로 규정하는 것이다. 책을 쓰면서 누가 읽을 것인지 독자를 규정도 하지 않고, 자신이 할 얘기가 있다고 그 얘기만 하는 작가가 있다. 이런 경우에는 독자가 외면할 수 있다.

책 쓰기의 본질은 독자와 소통하는 것이다. 독자가 존재하지 않는다면, 그것은 책이 아니라 일기로 전락한다. 일기는 자신이 쓰고 자신만 읽는 것이다. 하지만 책 쓰기는 다르다. 책 쓰기는 자신이 쓰고, 독자가 읽는 것이다.

책 쓰기에는 두 가지 종류가 있다. 작가 중심의 책 쓰기와 독자 중심의 책 쓰기다. 작가 중심의 책 쓰기는 작가가 책 쓰기에서 가장 중요한 역할을 담당하고, 작가가 하고 싶은 말을 작가의 스타일대로 작가의 언어로 하는 것이다. 독자 중심의 책 쓰기는 다르다. 독자 중심의 책 쓰기는 독자가 가장 중요한 역할을 담당한다. 작가가 아닌 독자가 듣고 싶은 말을 독자의 처지와 입장에서 독자의 언어로 하는 것이다. 전자와 후자 중에 어떤 책이 베스트셀러가 될 것 같은가? 정답은 후자다.

독자 중심의 책 쓰기가 훨씬 더 중요한 이유는 독자들은 이런 책에 열광하고 팬이 되기 때문이다. 대상 독자를 생각하고, 그 대상을 실제 인물로 규정하면, 작가가 책을 쓰는 것이 훨씬 더 쉬워지고, 명료해지고, 정확해진다.

대상 독자를 실제 인물로 하면, 누구보다 독자의 처지와 입장에서 독자의 심정으로 독자의 언어로 책을 쓸 수 있다. 이것은 매우 필수적인 책 쓰기 방법이며 전략이다. 누군가가 책을 읽었는데, 하나도 공감하지 못하고, 내용이 다른 사람 이야기와 같다면, 그 책에 절대로 빠져들 수 없다. 하지만 책 내용이 자기 이야기와 비슷하고, 자기가 정말 듣고 싶은 이야기를 너무나 구체적으로 해 주면, 독자는 이내 팬이 되고, 열광하게 된다.

손자병법에도 '지피지기면 백전불패'라는 말이 있다. 이 말은 "적을 알고 나를 알면 백 번 싸워도 위태롭지 않다."는 의미다. 책 쓰기에 이런 원리는 그대로 적용이 가능하다. 대상 독자가 누구인지, 어떤 성격이고, 무엇을 좋아하고, 무엇을 싫어하고, 어떤 고민과 갈등이 있는지, 어떤 언어를 사용하고 있는지 등을 잘 안다면, 책 쓰기가 훨씬 더 정확해진다.

대상 독자를 정확히 분석하고 이해할 수 있을 때, 독자를 더 쉽게 사로잡을 수 있고, 감동을 줄 수 있고, 정확히 책의 내용을 전달할 수 있고, 독자와의 소통을 강화할 수 있다.

대상 독자를 막연하게 30대 회사원이라고 하는 것과 실제 인물인 주위에 아는 사람 누구누구로 정하는 것은 큰 차이가 있다. 인간의 상상력과 사고력은 현실을 절대 못 따라온다. 막연하게 30대 회사원이라고 독자를 규정하고 책을 쓰는 것과 실제로 30대 회사원이면서, 실제 인물인 회사 후배 A 씨를 독자로 규정하여, 책을 쓰는 것은 큰 격차가 발생한다.

막연하게 허공에 대고 화살을 100발 쏘는 것보다, 정확한 표적을 눈으로 보고 10발을 쏘는 것이 더 명중 확률이 높다. 책 쓰기도 이와 같다. 독자를 정확히 규정하는 것은 성공 확률을 높인다.

독자를 명확히 제대로 잘 규정하는 것은 표적을 정확히 눈으로 보고 화살을 쏘는 것과 같다. 독자를 명확히 규정하면, 책의 내용을 효과적으로 전달할 수 있다. 책이 출간된 후, 마케팅과 홍보 전략을 수립하는 데도 효과적이다.

대상 독자를 제대로 파악하게 되면, 이리저리 표류하지 않는 책 쓰기를 할 수 있다. 주제를 명확히 하는 것과 대상 독자를 정확히 파악하는 것은, 모두 정확한 목적지와 방향을 알고서 항해를 하는 것과 같다. 인생도 그렇지만, 책 쓰기도 속도보다는 방향이 중요하다.

03

문장은 짧게, 쉽게, 간결하게 써라

　비행기의 존재 목적은 사람이나 물건을 태워서 하늘을 날아다니는 이동 수단으로 빠르고 효율적인 장거리 이동을 가능하게 해 주는 도구라는 점이다. 휴대폰의 존재 목적은 사람과 사람이 어디서든 전화 통화를 할 수 있게 하는 것, 즉 의사소통을 위한 휴대 도구라는 점이다. 자전거의 존재 목적은 사람이 타서 두 바퀴 혹은 세 바퀴로 이동하는 친환경적인 이동 수단으로 존재한다. 이처럼 모든 물건은 다 존재 목적이 명확히 존재한다. 그렇다면 문장의 존재 목적은 무엇일까?

　문장의 존재 목적을 제대로 이해하면, 어떤 문장이 좋은 문장인지, 나쁜 문장인지 쉽게 알 수 있다. 길거리에 나가서, 행인 100명에게 이런 질문을 하면 어떻게 될까?

"좋은 문장과 나쁜 문장의 기준은 무엇일까요?
명확한 기준을 혹시 아시나요?"

이런 질문에 0.1초도 망설이지 않고, 정확한 답변을 할 수 있는 사람은 몇 명이나 될까? 십중팔구는 대답할 수 없을 것이다. 당신은 어떤가? 좋은 문장과 나쁜 문장의 기준은 무엇일까?

한 마디로 대답해야 한다. 이러쿵저러쿵 장황하게 설명한다면, 그것 자체가 제대로 이해하지 못하고 있다는 방증이다. 좋은 문장과 나쁜 문장의 기준은 한 마디로 '의미 전달'이다. 즉 의미 전달력이 낮은 문장은 나쁜 문장이다. 반면에 의미 전달이 잘 되는 문장은 좋은 문장이다. 왜일까? 문장의 존재 목적이 의미 전달이기 때문이다.

비행기가 아무리 멋지고, 좌석이 크고, 편하다고 해도, 하늘을 날지 못한다면, 그것은 나쁜 비행기며, 비행기로 자격 상실이다. 자전거도, 휴대폰도, 볼펜도 자신의 존재 목적에 부합해야 좋은 물건이다.

문장도 마찬가지다. 문장의 존재 목적에 부합해야 한다. 그러므로 의미 전달이 잘 되는 문장은 좋은 문장이다. 의미 전달이 잘 되는 문장의 특징을 살펴보면, 아주 명확하다.

의미 전달이 잘 되는 문장은 길고 장황하지 않고, 짧고, 간결하다. 그래서 많은 글쓰기 코치가 문장을 짧게 쓰라고 하는 것이다. 그리고 의미 전달이 잘 되는 문장은 어렵고 복잡하지 않고, 쉽고 단순하다. 문장을 어렵게 쓴다는 것은 문장의 존재 목적에 어긋난다. 의미 전달이 잘 되는 문장은 두루뭉술한 표현을 사용하지 않는다. 좋은 문장은 표현이 정확하고 날카로워야 한다.

'철수가 학교에 갔다'라고 해야 좋은 문장이다. '철수가 도서관인지 학교인지 체육관인지 어딘가에 갔다.'라고 하면 좋은 문장이 아니다. 간결하지 않고, 장황하고, 복잡하기 때문이다. 이런 문장을 간결하게, 짧게, 정확하게 바꾸어야 한다. '철수가 어딘가 갔다.'로 말이다.

바로 이런 이유에서 형용사, 부사의 사용법이 도출된다. 형용사, 부사를 많이 쓰면 좋을까? 아니다. 형용사, 부사는 말 그대로 의미를 명확하게 전달하기 위해 사용하는 보조 수단이다. 형용사 부사를 남발하면, 의미 전달력이 떨어지고, 문장이 장황해진다.

예를 들어, '그는 정말 놀랍게 매우 천천히 노래하면서 지체하듯 뛰기 시작했다.'라는 문장보다는 '그는 천천히 뛰기 시작했다.'가 더 좋은 문장이다. 왜냐하면, 의미 전달이 더 명료하고 잘 되기 때문이다.

의미 전달이 잘 되는 문장이 좋은 문장이다. 이것이 문장의 존재 목적이며, 좋은 문장과 나쁜 문장을 가르는 기준이다. 문장의 3S는 바로 여기서 나온 것이다. 짧고(short), 심플하고(simple), 정확한(sharp) 문장이 결국 의미 전달이 좋고, 의미 전달이 좋은 문장이 좋은 문장이기 때문이다.

의미 전달이 좋은 문장의 예를 몇 가지 살펴보자.

"그들은 모두 함께 모여서 저녁을 먹었다."라는 문장보다는 "그들은 함께 저녁을 먹었다."가 좋은 문장이다.

"이곳은 정말로 편안하고 아늑한 장소이다."라는 문장보다는 "이곳은 편안하고 아늑하다."가 좋은 문장이다.

"그는 매우 즐거운 기분으로 웃었다."보다는 "그는 즐겁게 웃었다."가 좋은 문장이다.

"나는 일주일에 한 번 친구를 만난다."보다는 "나는 매주 친구를 만난다."가 좋은 문장이다.

"그는 여러 가지 음식을 좋아하고, 특히 피자를 좋아한다."라는 문장보다는 "그는 피자를 좋아한다."가 좋은 문장이다.

"이 게임은 재미있고 즐거운 시간을 제공한다."라는 문장보다는 "이 게임은 재미있다."가 좋은 문장이다.

"그녀는 매우 부드러운 목소리로 노래를 불렀다."라는 문장보다는 "그녀는 부드러운 목소리로 노래했다."가 좋은 문장이다.

"나는 집에서 나와서 밖으로 나갔다."라는 문장보다는 "나는 집을 나갔다."가 좋은 문장이다.

"나는 하루 종일 아무것도 하지 않고 그냥 쉬었다."라는 문장보다는 "나는 하루 종일 쉬었다."가 더 좋은 문장이다.

"그들은 모두 함께 모여서 저녁을 먹었다."라는 문장보다는 "그들은 함께 저녁을 먹었다."가 더 좋은 문장이다.

의미 전달이 좋은 문장 중에서 우리가 간과해서는 안 되는 우리 글 바로 쓰기가 있다. 바로 능동태로 써야 한다는 것이다. 우리 글은 수동태가 없다. 수동태로 우리 글을 쓰면 안 된다. 의미 전달의 측면에서도 능동태가 훨씬 더 좋다.

비교해 보자. 수동태로 된 "논문이 교수에 의해 발표되었다."와 "교수가 논문을 발표했다." 중 어떤 문장이 더 좋은 문장인가? 당연히 능동태다. "팀이 그들에 의해 구성되었다."와 "그들은 팀을 구성했다." 중에서 의미 전달이 잘 되는 문장은 능동태다. 그래서 "문제가 나에 의해 발견되었다."라는 문장보다는 "나는 문제를 발견했다."라는 문장이 의미 전달이 잘 되는 좋은 문장이다. 무엇보다 수동태보다 능동태가 더 간결하고, 명료하고, 짧고, 쉬운 문장이다.

간결하고 명료하고 짧고 쉬운 문장을 쓰기 위해서는 불필요한 표현을 사용하지 않는 것도 중요하다. 불필요한 표현이 들어간 문장과 간결한 문장을 비교해 보자.

불필요한 표현: "저는 제 생각을 솔직하게 말씀드리고 싶습니다."
→ 간결한 문장: "제 생각을 말씀드리고 싶습니다."

불필요한 표현: "우리는 모두 함께 모여서 이야기를 나누었다."
→ 간결한 문장: "우리는 이야기를 나누었다."

불필요한 표현: "그들은 서로 간에 많은 대화를 나누었다."
→ 간결한 문장: "그들은 많은 대화를 나누었다."

불필요한 표현: "그녀는 자신의 의견을 표현하기 위해 말을 시작했다."
→ 간결한 문장: "그녀는 의견을 표현하기 시작했다."

불필요한 표현: "이 문제는 여러 가지 복잡한 요소들이 있다."
→ 간결한 문장: "이 문제는 복잡하다."

불필요한 표현: "이러한 변화는 분명히 긍정적인 영향을 미칠 것이다."

→ 간결한 문장: "이 변화는 긍정적인 영향을 미칠 것이다."

미국에서 가장 영향력 있는 커뮤니케이션 전략가이자 여론 조사 전문가인 프랭크 런츠는 자신의 저서 [먹히는 말] 을 통해, 듣는 즉시 뇌리에 꽂히고 한 번 들으면 절대 잊히지 않는 말, 청자의 무의식에 침투해 사고를 장악하고 행동을 끌어내는 말에 대해 우리에게 조언 해 준다. 말하기와 글쓰기는 사용하는 도구가 다를 뿐, 본질은 같다.

글쓰기를 잘하고 싶다면, 전문가에게 배우면 된다. 책을 통해 배우고, 사람을 통해 배우면 된다. 책을 통해 배우면 도움 되는 이야기 중 하나가 런츠 박사가 전하는 먹히는 말에 적용되는 언어 규칙이다. 런츠 박사는 효과적인 언어 규칙 10가지를 우리에게 소개한다. 하지만 글을 쓰는 작가에게 꼭 필요한 규칙은 첫 번째와 두 번째 규칙이다. 바로 단순성과 간결성이다.

효과적인 언어 규칙 1인 단순성은 '쉬워야 먹힌다'라는 사실을 우리에게 알려준다. 사전을 찾아봐야 이해할 수 있는 어려운 단어들, 즉 난해하고 유식한 말을 사용하지 말라는 것이다. 쉽고 간단하게 설명할 수 있는데 어렵고 복잡한 단어를 써서 설명하는 것은 바보 같은 짓이다.

> "가장 효과적인 언어는 전하고자 하는 생각을 명백하게 드러내는 것이다. 생각이 단순하고 분명하게 제시될수록 듣는 사람은 이해하기가 쉬워진다. 그러면 어떻게 되냐고? 당신이 신뢰를 얻기도 훨씬 편해진다."

효과적인 언어 규칙 2는 간결성이다. 글이든, 말이든 최대한 간결하게 표현해야 한다. 단어만으로도 충분하다면, 굳이 문장을 쓰지 말고, 세 단어로 할 수 있는 말은 절대로 네 단어로 늘려서 쓰지 말라고 한다. 문장을 길게 쓰는 것보다 짧게 쓰기가 훨씬 어렵다. 그것이 더 나은 문장 표현이기 때문이다. 그래서 소설가 마크 트웨인도 '나는 짧은 편지를 쓸 시간이 없었기 때문에 대신 긴 편지를 썼다.'라는 말을 소개하기도 한다.

우리가 이 책을 통해 배워야 할 것은 단순성과 간결성이 그 어떤 복잡함과 난해함보다 더 강력한 힘이 있다는 사실일 것이다.

> "효과적인 커뮤니케이션에 관한 한 작은 것이 큰 것을 이기고, 짧은 것이 긴 것을 이기고, 단순한 것이 복잡한 것

을 이긴다. 그리고 때로는 시각적인 것이 다른 모든 것을 이기기도 한다."

  문장을 짧게, 쉽게, 간결하게 쓰면 좋은 점이 많다. 간결한 문장을 사용하면 긴 문장을 사용할 때 할 수 있는 실수를 사전에 방비할 수 있다. 긴 문장을 읽고 독자들이 이해하기 위해 기울여야 하는 시간과 노력을 절약해 줄 수 있다. 심지어 긴 문장은 애매모호해지고, 작가의 의도가 쉽게 빗나갈 수 있다. 짧은 문장을 사용하면 힘이 느껴지고, 분명해지고, 심지어 리듬감이 생기고, 이런 요소는 독자를 빠져들게 하기에 충분하다.
  우리가 반드시 기억해야 할 문장 쓰기의 원리를 알려준 고마운 사람이 있다. 바로 조셉 퓰리처다. 퓰리처 상을 만든 그는 문장 쓰기에 있어서, 교본과 같은 교훈을 우리에게 알려 주었다.

"무엇을 쓰든 짧게 써라. 그러면 읽힐 것이다.
무엇을 쓰든 명료하게 써라. 그러면 이해될 것이다.
무엇을 쓰든 그림 같이 써라. 그러면 기억 속에
머물 것이다."

형식과 틀에 얽매이지 마라

 책 쓰기를 시작하는 이들에게 하고 싶은 말 중의 하나는 형식과 틀에 얽매이지 말라는 것이다. 형식과 틀은 우리의 사고와 의식을 제한하기 때문이다. 이런 사실을 너무나 정확히 잘 설명해 준 작가가 있다. 바로 나탈리 골드버그다.

 그녀는 전 세계에 글쓰기 붐을 일으킨 주인공이자 소설가이자 책 쓰기 코치다. 그녀는 머뭇거리고 망설이는 독자에게 '인생을 쓰는 일에 정해진 규칙 같은 건 없다.'라고 용기를 전해 준다. 책 쓰기라는 세계에 더 이상 물러선 채 다가가지 못하면 평생 책을 쓰지 못할지도 모른다.

 선뜻 용기를 내지 못하는 이들에게 가장 큰 걸림돌은 문법인지도 모른다.

"작가님, 저는 평생 글 같은 걸 써본 적이 없어요."

"저는 문법, 맞춤법, 문장 쓰기에 완전 초등학생 수준이에요. 어떻게 하죠?"

"작가님, 저는 국어 과목에 낙제를 받은 사람이에요. 문장 구조를 하나도 몰라요."

이렇게 자신 없는 소리를 하고, 하소연하는 이들이 적지 않다. 이럴 때 필자는 골드버그의 말을 인용해서 설명한다.

> "우리의 사고방식은 문장 구조에 맞추어져 있고 사물을 보는 관점도 그 안에서 제한된다. 우리가 이 세상을 바라보고 살아가는 방식이 '주어-동사-목적어'의 틀에 짜 맞추어져 있다는 뜻이다. 이런 문장론에서 벗어날 때 우리는 새로운 시각을 얻을 수 있고, 신선한 세상과 만날 수 있으며, 글쓰기에 색다른 에너지를 불어넣을 수 있다."
>
> – 나탈리 골드버그, 《뼛속까지 내려가서 써라》, 114쪽.

세상과 타인이 만든 글쓰기의 형식과 틀, 문장론과 문법, 맞춤법과 띄어쓰기 등에 연연하지 마라. 그것은 하나의 형식일 뿐, 몸통이 아니다. 알래스카 여행을 가면, 엄청난 빙산이 눈에 들어온다. 하지만 눈에 들어오는 빙산은 몸통이 아니라, 일부에 불과하다. 진짜 몸통은 눈에 보이지 않는다. 배 위에서 눈으로 보이지 않는 바다 수면 아래에 있기 때문이다.

글을 쓴다는 것이나 책을 쓴다는 것은 문법, 맞춤법, 띄어쓰기, 문장론을 배우고 그것을 지키는 것을 의미하지 않는다. 책을 쓴다는 것은 그런 수준과 차원이 아니다. 책을 쓴다는 것은 새로운 이야기, 새로운 콘텐츠, 새로운 삶을 창조한다는 말이다.

책을 쓴다는 것은 낱말과 낱말을 나열하는 것이 아니다. 단어는 사용하는 도구에 불과하다. 벽돌을 사용해서 멋진 123층이나 되는 월드타워를 만들었다고 해서, 벽돌의 쌓음이 멋진 건축물이 아닌 것처럼 말이다.

이렇게 멋진 건축물을 만들기 위해서도 형식과 틀에 얽매이지 않아야 가능하다. 세계 최고의 건축물로 꼽히는 '사그라다 파밀리아' 대성당의 비밀도 인간이 만든 형식과 틀에 얽매이지 않았기 때문이다. 천재 건축가 안토니 가우디는 전통적인 건축 규칙을 벗어나, 자신만의 독창적인 조형미와 상징성을 담았다.

사그라다 파밀리아 대성당은 자연에서 영감을 얻은 비정형적 곡선과 유기적 구조로, 자연과 건축이 하나로 어우러진 걸작으로, 144년 만에 완공을 앞두고 있다. 이 건축물의 외벽선은 거의 모두가 곡선 형태다. 이것은 그 당시 서구 건축 역사에서 보기 드문 개념이었다.

> "직선은 인간이 만든 선이고,
> 곡선은 하느님이 만든 선이다."

현대 무용의 창시자인 이사도라 던컨도 역시 형식과 틀에 얽매이지 않았다. 그녀는 고전 발레의 형식과 틀에 얽매이지 않고, 자유로운 움직임을 강조한 새로운 춤을 세상에 내보였다. 그녀는 엄격한 발레 규칙과 형식에서 벗어나 맨발로 무대에 오르고, 단순한 의상과 유동적인 동작을 통해 춤을 해방하고, 현대 무용을 창조했다.

형식과 틀에 얽매이지 않고, 자신만의 스타일로 문화의 아이콘이 된 인물도 있다. 바로 마돈나다. 그녀는 전 세계적으로 가장 영향력 있는 팝의 여왕이다. 그녀는 기존의 고정관념과 예술의 형식과 틀을 깨고, 자기만의 문화를 창조했다. 형식과 틀에 얽매이지 않는 패션, 음악, 퍼포먼스로 그녀는 새로운 트렌드를 이끌었다.

마돈나, 이사도라 던컨, 가우디를 통해 우리가 배워야 할 교훈은 세상과 타인이 만든 기준과 규칙에 얽매이지 말자는 것이다. 우리는 우리의 길을 가야 한다. 이것이 책을 쓰는 우리에게도 그대로 적용된다.

책에는 저자의 고유한 스타일이 담겨야 한다. 글쓴이의 고유한 문장과 문체를 강조한 문장가 쇼펜하우어의 이 말을 우리는 잊어서는 안 된다.

> "글은 누구나 쉽게 이해할 수 있어야 하며, 간결한 문체와 적절한 표현은 훌륭한 글쓰기의 첫걸음이다. 그러나 장황하게 단어들만 나열하는 글은 읽는 사람의 눈을 어지럽게 할뿐더러 특히 남의 글을 표절하는 행위는 일종의 강탈이며 범죄행위이다. 그러므로 글쓴이의 고유한 문장과 문체는 소박한 정신과 순수한 신념으로 구축되는 건축물과 같다."
>
> — 쇼펜하우어, 《문장론》 중에서

문법이나 맞춤법, 문장 구조나 문장론 등에 너무 연연해하지 않을 때, 우리는 자유롭게 책을 쓸 수 있다. 형식과 틀에 얽매이지 않을 때 우리는 책 쓰기를 즐길 수 있다. 억압받지 않고, 자유로울 때 매일 쓸 수 있고, 많이 쓸 수 있다. 매일 쓰고 많이 쓰는 것이 왜 중요할까? 책 쓰기를 즐기는 것이 왜 중요할까?

책 쓰기를 즐기고, 매일 쓰고 많이 쓰는 것은 경쟁력 있는 작가로 성장하기 위해서 필수 조건이기 때문이다. 양이 질을 압도하기 때문이다. 책 쓰기를 즐기고 친구로 만들어야 한다. 책을 쓰는 일이 과제를 하듯, 숙제하듯, 의무가 아닌 기쁨이 되어야 한다. 이런 사실에 대해서 나탈리 골드버그는 이런 말을 했다.

"유태교 전통에는 소년이 처음으로 토라(유대교의 율법서)의 맨 첫 자를 읽으면 꿀이나 단 음식을 선물하는 풍습이 있다. 공부를 하면 단 음식을 먹게 될 거라는 자연스러운 연결고리를 만드는 학습 유도 방법이다. 글쓰기도 당연히 이래야 한다. 처음 글쓰기를 시작할 때부터 글쓰기는 좋은 것이며 즐거운 일이라는 사실을 알게 해 주어야 한다. 글쓰기를 적이 아니라 친구로 만드는 것이다."

– 나탈리 골드버그, 《뼛속까지 내려가서 써라》, 176쪽.

필자도 책을 쓰면, 계약금을 받을 수 있었다. 백수 무직자에게 계약금은 무시할 수 없는 생활비였다. 그래서 쓰고 또 쓰게 되었고, 결국 베스트셀러 작가가 될 수 있었다. 책 쓰기는 필자에게 생활비를 제공해 주는 머니 머신이었다. 책을 쓰는 일은 좋은 것이었고, 즐거운 일이었다. 책을 쓰면 쓸수록 삶은 풍요로워졌다. 인생이 즐겁게 되었다. 백수 무직자에게 인생은 힘들고 고달프고 서럽고 아프고 빈곤한 것이었다. 하지만 책 쓰기를 시작하자, 이런 것들이 서서히 바뀌기 시작했다. 진짜다. 어떤 이는 딱 1년만, 또는 어떤 이는 3년 혹은 5년만 책 쓰기에 도전하면 바뀌는 인생을 체험하게 될지도 모른다.

형식과 틀에 얽매이지 않는 자유분방한 글쓰기를 추구한 작가가 있다. 바로 줄리아 카메론이다. 그녀는 30년 동안 수백만 명의 독자들에게 창조성을 일깨워 주었다. 그녀는 자신의 저서 [아티스트 웨이]를 통해, 독자들로 하여금 세상과 마음의 소리에 귀를 기울이게 하여, 삶을 바꾸게 해 주었다.

그녀가 제시하는 세상의 소리를 듣는 도구 중 하나가 바로 '모닝 페이지'라는 도구이다. 모닝 페이지는 매일 아침 눈을 뜨자마자, 즉 일어나자마자 세 페이지 분량의 글을 쉬지 않고 쓰는 것이다. 의식과 사고의 흐름을 통제하지 않고, 모든 생각을 막힘없이 원고지에 쏟아내는 것이다.

이것이 바로 프리 라이팅이다. 이 기법은 한마디로 말하자면 '문법과 형식의 구애를 받지 않는 스타일'이며, 무엇보다 '의식의 흐름을 따라가며 거침없이 자유롭게 글을 쓰는 자유로운 글쓰기'를 뜻한다.

이러한 '프리 라이팅'(free writing) 기법을 처음 명명한 사람은 피터 엘보이다. 그는 《선생님 없이 글쓰기(Writing Without Teachers)》(1975)라는 책에서 처음 명명했고, 그 후 나탈리 골드버그의 《뼛속까지 내려가서 써라(Writing Down the Bones)》(1986)와 줄리아 캐머런의 《아티스트 웨이(The Artist's Way)》(1992)를 통해 많은 이들에게 알려지기 시작했다. 그 후 많은 작가가 자신의 글쓰기에 적용하거나, 배우고 활용하게 되었다.

원래 프리 라이팅 기법은 시인들이 즐겨 쓰던 방법이라고 한다. 그런데 산문 분야에서도 이런 방법을 사용해 버린 것이다. 도러시아 브랜디가 《작가 수업》을 통해 처음으로 구현 방법을 제시하기까지 해 버렸다.

프리 라이팅 기법은 의식과 사고의 흐름대로, 자유롭게 글을 쓰는 기법으로, 그 어떤 형식과 틀에 얽매이지 않는 글쓰기다. 이런 방식은 글쓰기의 자유와 즐거움을 발견할 수 있고, 작가의 창의성과 상상력을 일깨워준다.

프리 라이팅을 통해 얻게 되는 것들이 적지 않다. 첫 번째는 아무런 방해도 받지 않고 편하게 글을 쓸 수 있게 된다는 것이다. 두 번째는 정신 집중력을 극적으로 향상시킬 수 있다는 것이다.

> '프리 라이팅 훈련을 통해 얻게 될 가장 중요한 소득은 아무런 방해도 받지 않고 자신의 생각과 말을 편안한 마음으로 종이에 옮기게 된다는 점이다. 오히려 쓰는 행위를 통해 여러분은 더 편한 마음을 갖게 될 것이다. 또 창조적 기능이 늘 무엇인가를 제공한다는 사실도 배우게 될 것이다. (.....) 프리라이팅 훈련은 또한 정신집중력을 극적으로 향상시킬 수 있다. 프리 라이팅 훈련을 하는 동안에는 마음속에 떠오른 생각에 좀 더 집중하게 됨으로써 이런 목소리들은 머릿속에서 사라질 수 있다. 이 말은 결국 많은 훈련을 거치면 더 능률적으로 머릿속에서 사라질 수 있게 된다는 뜻이다.'
>
> — 바버라 베이그, 《하버드 글쓰기 강의》, 45쪽.

그렇다. 책 쓰기는 자유로워야 한다. 그 누구의 방해도 받지 않아야 한다. 무엇보다도 프리 라이팅 기법은 의식의 흐름을 그대로 기록함으로써 자신의 감정과 상황을 정확하게 성찰하게 해 주고, 어떤 현실적인 문제에 대해 충분히 살펴볼 수 있게 도와준다. 자유로운 책 쓰기는 문제를 성찰하게 해 줄 뿐만 아니라 우리를 세상과 타인의 구속과 억압에서, 세상이 만든 기준과 규칙에서 벗어나게 해 준다. 책 쓰기를 통해 우리는 눈에 보이지 않는 구속과 억압에서 벗어날 수 있다.

05

어깨에 힘을 빼고 발로 써라

책 쓰기를 할 때 우리가 명심해야 할 것은 마음 관리다. 마음 관리가 잘 안되면 책을 쓰는 과정이 너무나 힘든 여정이 된다. 하지만 마음 관리를 잘하면 그 과정이 즐거운 여행이 된다.

마음 관리는 어떻게 해야 할까? 가장 좋은 방법은 완벽주의를 버리는 것으로 부족하다. 완벽함을 바라는 사람은 그 모든 것이 숙제가 되고, 의무가 된다. 이제 많은 사람들이 완벽주의를 버리기 시작했다. 하지만 이것으로는 부족하다.

책을 쓰는 작가는 먼저 어깨에 힘을 빼고, 발로 쓰려고 해야 한다. 이것이 무슨 말일까? 어깨에 힘을 뺀다는 말은 '너무 잘 하려고 하지 말라'는 말이다. 완벽주의는 말할 것도 없고, 자신의 실력을 뛰어넘어, 너무 '잘 하려고 하는 마음'까지도 버린다면, 책 쓰는 과정을 오롯이 즐길 수 있기 때문이다.

'발로 써라'라는 말은 무슨 의미일까? 우리 몸에 손과 발이 있다. 손은 정밀하고, 정확하다. 하지만 손을 사용해서 하루에 일만 보 걷기를 도저히 할 수 없다. 하지만 발은 다르다. 발은 정밀하지는 않지만, 튼튼하다. 하루에 마음만 먹으면 일만 보 걷기를 넉넉히 해 낼 수 있다.

손보다 발이 지속력이 강하고, 우직하다. 책 쓰기도 그렇게 해야 한다. 매일 우직하게 해야 한다는 말이다. 그래서 '엉덩이로 책을 써야 한다.'는 말이 있다. 손이나 머리로 책을 쓰는 것이 아니라, 엉덩이로 쓴다는 말은, 매일 의자에 오랜 시간 앉아서 책을 써야 한다는 말이다.

즉 어깨에 힘을 빼라는 말은 너무 힘을 주지 말고, 긴장하지 말고, 즐겁게 어린아이가 놀이터에서 놀듯이 즐기면서 책을 쓰라는 말이다. '발로 써라'라는 말은 하루에 천리를 가는 천리마처럼, 우직하게, 꾸준히 책을 쓰라는 의미다.

세계적인 글쓰기 코치인 로버타 진 브라이언트도 이런 말을 했다.

"재미로 쓰라. 자기를 위해!
작가가 그 과정을 즐기지 못한다면, 어떤 독자가 그 결과

물을 즐기겠는가."

– 로버타 진 브라이언트, 《누구나 글을 잘 쓸 수 있다》, 128쪽.

작가가 책 쓰기 과정을 즐기기 위해서는 어깨에 힘을 빼고 긴장을 풀어야 한다. 작가가 책 쓰기를 즐겨야, 독자도 즐길 수 있다. 그러므로 재미로 책을 쓰기 위해, 어깨에 먼저 힘을 빼야 한다.

또 다른 세계적인 글쓰기 코치인 앤 라모트도 완벽주의를 버리고 오히려 난잡하게 책 쓰기를 하고, 심지어 볼품없는 첫 번째 원고를 작성해도 좋다고 조언해 준다.

"완벽주의는 압제자나 사람들을 괴롭히는 적의 목소리이다. 그것은 당신을 평생 구속하고 미치게 만들며 당신이 볼품없는 첫 번째 원고를 쓰지 못하도록 가로막는 주요 장애물 역할을 한다. ... 게다가 완벽주의는 당신의 글쓰기를 망치고, 창조성과 장난기와 생명력을 방해한다. 완벽주의는 청소할 일이 두려워 되도록 어지르지 않고 살려고 필사적으로 노력하는 것이다. 그러나 어지럽고 혼란스러운 것들은 인생이 그만큼 활발히 굴러가고 있다는 것을 보여 준다. 원래 난잡함이란 대단히 풍부한 다산성의 땅이다. 당신은 그 모든 쓰레기 더미 속에서 새로운 보물을 발견할 수도 있고, 여러 가지 것을 깨끗하게 하거나, 어떤 것을 삭제하거나, 수정하거나, 움켜잡을 수도 있다. 단정함이란 어떤 것이 얻기에 좋다는 것을 의미한다. 단정함은 내게 숨을 참는 상태나 정지된 만화 화면을 떠올리게 한다. 글쓰기란 그 반대로 숨 쉬고 움직이는 것을 필요로 하는데 말이다."

– 앤 라모트, 《글쓰기 수업》, 75~76쪽.

그렇다. 어깨에 힘을 빼고, 발로 써라는 말은 앤 라모트의 조언처럼 어지럽고 혼란스러운 쓰레기 더미 속에서 새로운 보물을 발견하는 과정이며, 단정함이 아닌 숨 쉬고 움직이고 흐트러져서, 창조성과 생명력을 방해받지 않도록 하라는 말이다.

어깨에 잔뜩 힘이 들어간 것은 책 쓰기가 아니다. 머릿속에서 생각만 하는 것도 책 쓰기가 아니다. 책 쓰기는 어깨나 머리가 아닌, 종이에 힘이 들어가야 하고, 낱말을 늘어놓아야 한다. 책은 손으로만 쓰는 것이 아니다. 발로 걸으며, 세상과 타인을 경험하고, 자신을 정확히 통찰하며, 자신과 친구가 되어, 정직한 자신을 종이 위에 펼쳐 놓아야 한다.

독자는 작가의 진심을 원한다. 힘을 빼고, 발로 써야 하는 이유는 이것이다. 그래야 글에 진정성이 담기기 때문이다. 어깨에 힘이 잔뜩 들어가면, 글이 딱딱해지고, 책에 진짜 자신이 담기지 못한다. 마치 잘 난 척하고, 타인에게 잘 보이기 위해 연출하고, 변장하고, 자기 옷이 아닌 남의 옷을 걸치고 있는 것처럼 말이다.

독자는 누구보다 정확하다. 작가가 자신과 삶을 솔직하게 책 속에 담았는지, 가면을 쓰고, 숨기고 있는지를 정확히 느낀다. 머리로 쓴 글은 독자를 속이고, 기만한다. 하지만 발로 쓴 책은 독자와 진실한 관계를 맺을 수 있다. 발로 쓴 책은 진실하기 때문이다. 발로 쓴 책은 거짓이나 가짜가 없다. 가짜가 넘쳐나는 이 시대에, 책을 쓰는 작가가 어깨에 힘을 빼고 발로 써야 하는 이유다.

어깨에 힘을 빼고, 발로 쓰는 것은 책의 흐름과 구성을 자연스럽게 만들어 준다. 힘을 빼야 창조성과 상상력, 감정과 기분이 살아나, 감성과 아이디어의 미세한 떨림과 작가의 진솔한 숨소리까지 책으로 전달된다. 어깨에 힘을 빼고, 발로 쓴 책은 무엇보다 독자가 작가의 삶을 그대로 따라가며 공감할 수 있다.

어깨에 힘이 잔뜩 들어간 책은 가짜다. 작가가 거짓말을 하려고 하지 않아도, 알게 모르게 책 속에 자신이 아닌 다른 사람이 담기기 때문이다. 솔직하게 한발 한발 내디디면서, 발로 쓰지 않고, 계산하고 머리로 쓴 책은 독자에게 큰 울림을 줄 수 없다. 독자도 바보가 아니다.

책 쓰기란 결국 독자와 소통하고, 독자에게 울림을 주는 여정이다. 이렇게 하기 위해서는 먼저 작가가 독자의 좋은 친구가 되어 주어야 한다. 좋은 친구는 어깨에 잔뜩 힘이 들어가지 않고, 머리로 계산하지 않는다. 좋은 친구는 진솔한 마음으로 통해야 하고, 허물없이 서로를 보여 줄 수 있어야 한다. 책 쓰기도 마찬가지다.

친구(親舊)라는 단어를 한자로 해석하면, '가깝다' '친하다'라는 뜻의 親 자와 '오래되다' '오랜 사이'라는 뜻의 舊 자로 이루어졌다. 즉 친구란 가깝게 오랜 사귄 사이의 사람을 의미한다. 그렇다. 친구는 솔직하게, 편안하게 오랫동안 사귄 사람을 말한다. 책 쓰기도 이렇게 해야 한다. 친구 같은 책을 써야 한다. 그것이 어깨에 힘을 빼고, 발로 쓰는 책이다.

책 쓰기는 독자를 친구로 생각하고, 친구로 만드는 행위다.

"글을 성공적으로 써내는 비결은 한 가지 중요한 태도를 익히는 것이다. 아직 맹아 상태에 있는 아이디어, 아니면 심지어 아이디어를 얻고 싶다는 갈망밖에 없을 때라도 일단 쓰기 시작하면 언젠가 자신이 하려는 말을 찾게 될 것이라고 믿어야 한다. 아이디어가 꼬물거릴 때 더 흔하게 나타나는 반응을 피할 줄 알아야 하는 것이다. 하고 싶은 말이 이미 머릿속에 떠올라 명확하게 정리될 때까지 기다리면서 쓰지 않는 것 말이다."

– 피터 엘보, 《힘 있는 글쓰기》, 122~123쪽.

제6장

당신도
책을 써야
한다면

I

첫 책 쓰기 현실적인 조언 5가지

'거꾸로 책 쓰기'도 기가 막힌 하나의 방법이다

《브레인 룰스》의 저자인 미국 워싱턴 대학교 의과대학 생명공학과 존 메디나 교수는 결론부터 쓰는 것은 뇌가 좋아하는 방식이라고 말한 적이 있다.

> "두뇌는 세부 사항보다 의미를 먼저 처리한다. 요점, 그러니까 핵심 개념을 맨 먼저 제시하는 것은 목마른 사람에게 물이 가득 찬 잔을 주는 것과 같다. 그리고 인간의 두뇌는 계층화를 좋아한다. 보편 개념부터 시작하면 자연히 정보를 계층에 따라 설명하게 된다. 일반적인 아이디어를 맨 먼저 제시하면 듣는 사람의 이해도가 40퍼센트는 향상된다."

책 쓰기의 방법에 정답은 없다. 심지어 미국의 어떤 작가는 자신도 글쓰기 책을 집필하고 출간하였으면서도, 이런 말을 했다.

"글쓰기에 대한 책에는 대개 헛소리가 가득하다."

하지만 그는 양심적으로 책을 짧게 썼다고 한다. 하지만 뭔가를 배우고 얻기 위해 책을 구입하는 독자들에게 짧게 쓰는 것은 충분한 배려는 아니다. 아예 쓰지 말든가, 쓴다면 충분한 양을 써야 한다. 책 쓰기에는 다양한 방법론이 있다. 최근에 필자가 깨닫게 된 책 쓰기 방법론 중의 하나가 바로 '거꾸로 책 쓰기'다.

많은 이들이 서론 본론 결론 혹은 "기·승·전·결"의 순서로 책을 쓴다. 하지만 필자는 이런 정통적인 순서와 흐름을 과감하게 파괴하기를 요구한다. 책 쓰기를 하거나 한 편의 글을 작성할 때 결론부터 작성하라고 조언해 주고 싶다. 결론부터 작성하면 독자들이 당신에게 카리스마를 느낄 수 있게 된다. 그 이유는 서론부터 쓰는 것보다 결론부터 쓰는 것이 더 용감하고, 힘 있고, 결단력 있게 느껴지기 때문이다.

예를 들어, '독서는 혁명이다'라는 글을 쓸 때, 이런저런 이야기를 한 다음에 마지막에 결론을 작성하는 것과 먼저 '독서는 혁명이다'라고 강력하게 결론을 먼저 이야기하는 것은 독자 입장에서 상당히 큰 차이가 발생한다.

이제부터 책을 쓴다면, (서론-본론-결론) 보다는 (결론-결론-결론) 순으로 쓰기를 추천한다. 결론에 대한 주장 - 결론에 대한 근거 - 결론에 대한 사례 등의 순으로 글을 쓰면, 뭔가를 알고 싶어 갈망하는 독자들에게 시원한 물을 건네는 것과 같다. 독자들은 열광할 것이다.

인간의 두뇌는 계층화를 좋아하기 때문에, 결론부터 내던지는 글을 독자들은 더 잘 이해하게 되고, 빨려들게 되고, 몰입하게 된다. 인간은 누구나 너무 뻔한 스토리에 식상함을 느낀다. 하지만 반전이 있고, 예측 불가능한 스토리에 열광한다.

결론부터 시작하는 글에는 독자를 사로잡는 힘이 있다. 가장 중요한 결론을 먼저 쓰고, 그다음 그 이유를 말하고, 사례를 언급하면, 독자는 믿을 수밖에 없게 된다. 거꾸로 책 쓰기는 하나의 즐거움이며, 새로운 도전이다. 거꾸로 책 쓰기는 독자의 사고 흐름에 혁명을 주고, 혁신적인 책 쓰기 형식이다.

거꾸로 책 쓰기를 한 대표적인 인물이 노벨문학상 수상 작가인 가브리엘 가르시아 마르케스다. 그는 스스로 자신이 쓴 책 중에서 최고의 작품이라고 말하는 [예고된 죽음의 연대기]

라는 소설은 이야기의 결론부터 말하고, 그 후에 사건의 이유와 원인과 맥락을 말한다. 이 책은 작가가 이 사건을 접하고 나서, 30년을 기다린 후에야 글로 쓰고 출간한 작품이다. 그 이유는 실제 살인 사건 관계자들에 대한 배려 때문이었다. 이 책의 첫 문장이 이렇다.

> "그들이 그를 죽이기로 한 날, 산티아고 나사르는 주교가 타고 오는 배를 맞이하기 위해 새벽 5시 30분에 잠자리에서 일어났다."

이 책의 결론은 그들이 그를 죽인다는 것이다. 그런 결론을 저자는 독자에게 처음부터 공개한다. 이것이 거꾸로 책 쓰기의 힘이다. 이 책에 대해 〈타임스〉는 이런 말을 했다. '폭발력 있는 메시지, 명예를 위한 살인은 정당한가?' 그렇다. 결론부터 던지면, 폭발력이 증가한다. 독자의 호기심도 폭발하게 된다. 첫 문장으로 독자를 한순간에 사로잡게 되는 것이다.

이 책의 내용은 순결을 빼앗긴 동생을 위해 쌍둥이 오빠들이 가족의 명예를 되찾기 위해 성폭행범인 산티아고 나사르를 죽이기로 결심하고, 실행한다는 것이다. 그 과정에서 쌍둥이 오빠들은 마을 사람들에게 살인 장소, 살인 시간, 살인 동기까지 알린다. 마을 사람들은 대부분 살인 예고를 알고 있었지만, 대상인 나사르에게는 말해 주지 않는다. 가족의 명예를 지키기 위해 살인도 불사하는 현장을 마을 사람들은 구경꾼처럼 구경하거나, 방조하거나 심지어 무관심하다. 이렇게 이 책은 이야기의 결말인 죽음을 처음에 제시하고, 그 후 사건의 이유와 원인, 맥락을 추적하며 이야기가 이어진다.

거꾸로 책 쓰기는 독자에게 질문과 호기심을 던진다. 그리고 독자들은 그 답을 탐구해 나가는 지적 모험을 하게 된다. 그래서 독자의 심리적 지성적 반응을 동시에 이끌어 내고 극대화한다. 결론을 먼저 알게 되면, 독자들은 이유와 방법, 근거와 사례에 대한 호기심이 극대화되기 때문이다. 거꾸로 책 쓰기는 독자의 사고력을 자극하여, 상상의 나래를 마음껏 펼치도록 먼저 기회를 제공한다.

거꾸로 책 쓰기는 독자의 사고 흐름을 재구성하는 혁신적인 방법이다. 완성된 그림을 감상하는 수동적인 독자의 위치에서 함께 그림을 그려가는 능동적인 독자로 바꾸어 놓는다. 이렇게 거꾸로 책 쓰기와 비슷한 흐름 혹은 더 복잡한 흐름으로 만든 영화는 이미 많다. 그중의 하나가 바로 [메멘토]라는 영화다.

이 영화에서 감독은 사건의 결말을 먼저 보여주고, 그다음 주인공의 기억을 따라가며 퍼즐처럼 이야기를 만들어 나간다.

시간의 흐름을 비틀어 독자를 흔들어 놓는다. 기존의 고정관념이 파괴되고, 비로소 독자는 영화에 빠져들게 된다. 이것뿐만이 아니다. 시간의 역행 구조는 관객이 사건의 진실을 주인공처럼 더 깊게 넓게 경험하도록 하여, 영화 속에 완전히 몰입하게 해준다. 이러한 서사 구조는 드라마나 웹툰에서도 독자를 참여시키기 위한 독자 참여형 현대적 서사 기법으로 활용되고 있다. 결말을 먼저 공개하여, 그다음을 독자들이 사건이나 이야기를 풀어나가도록 유도하는 방식이다.

거꾸로 책 쓰기의 유익함은 작가보다 독자에게 더 크다고 할 수 있다. 거꾸로 책을 쓰면, 독자들은 결론만을 알고 싶어하는 기존의 단순한 방식과 흐름의 책 읽기에서 벗어나, 결과가 아닌 결론의 이유, 결론의 근거, 결론의 방법, 결론의 사례 등에 더 집중하게 되므로, 책의 내용을 훨씬 더 깊게, 넓게, 입체적으로 이해하게 되는 것이다. 이것이 독자에게 훨씬 더 큰 선물이다.

세계적인 컨설팅회사 맥킨지에는 의사소통을 위해 절대 원칙 두 가지가 있다. 첫 번째는 30초 안에 결론 혹은 문제 제기부터 논리정연하게 제시하는 것이고, 두 번째는 결론인 문제 제기뿐만 아니라, 반드시 솔루션까지 반드시 제시해야 한다는 것이다. 김병완 칼리지만의 독보적인 글쓰기 맵인 M-R-C-H-A 에는 이런 원칙이 다 포함되어 있다. 이제 함께 살펴보자.

02

단락은 글쓰기맵 M-R-C-H-A 순서로 써라

"글쓰기 작법에는 오래된 공식이 있습니다. 좋은 글쓰기
는 '무엇을' '어떻게' '해야 하는지' 에 답하는 것입니다. 연
설도 비슷합니다."

TED 최고의 강연자로, 10년 연속 1위를 차지한 창의성 계
발 전문가인 켄 로빈슨이 한 말이다. "무엇을"에 답한다는 것은
결론, 주제, 문제를 제기하라는 말이다. "어떻게"에 답한다는 것
은 구체적인 방법을 알려주라는 말이다. "해야 하는지"에 답하
는 것은 앞으로 무엇을 해야 하는지 제안을 해주라는 의미다.

좋은 글쓰기에는 이 세 가지로 충분하다. 하지만 좀 더 강
력한 글쓰기를 하기 위해서는 이 세 가지에 두 가지를 더 추가

해야 한다. 바로 M-R-C-H-A 김병완 칼리지 글쓰기 맵(Writing Map)이다. 이것은 우리가 단락을 쓸 때, 순서를 정해서, 이 순서대로 쓰는 것을 말한다.

먼저 M(Message)은 결론, 핵심 메시지를 말한다. 핵심 메시지인 결론을 가장 먼저 이야기하라는 것이다. 그다음은 R(Reason)이다. R은 근거와 이유를 밝히는 것이다. 그다음은 C(Case)이다. C는 사례, 예시를 의미한다. 그다음이 H(How) 실천법 혹은 방법을 말한다. 마지막은 A(Assertion)다. A는 강력한 제안을 말한다.

켄 로빈슨의 글쓰기 작법에 연결해 보면, "무엇을"에 답하는 것이 M 이다. 그리고 "어떻게"에 답하는 것은 H, "해야 하는지"에 답하는 것은 A 이다. 여기에 글쓰기 맵은 두 가지를 더 추가하여, 더 강력한 글쓰기를 할 수 있도록 한 것이다.

필자가 운영하는 책 쓰기 학교 김병완 칼리지만의 글쓰기 맵인 M-R-C-H-A를 토대로 쓴 글을 살펴보자.

"독서는 인생 최고의 혁명이며, 도전이다. - M (결론, 핵심 메시지)

왜냐하면, 독서를 통해 인생을 바꿀 수 있고, 더 나은 존재로 도약할 수 있기 때문이다. 많은 현인이 독서의 중요성을 강조했다. 독서를 하면 가난한 사람은 부자가 될 수 있고, 우둔한 사람은 지혜롭고 똑똑한 사람이 될 수 있기 때문이다. - R (근거와 이유)

예를 들면, 존 스튜어트 밀은 어렸을 때 학습이 부진했고 또래 친구들보다 훨씬 공부를 못 했지만, 독서를 통해서 위대한 학자가 되었다. - C (사례)

어떻게 할 것인가? 필자가 추천하는 방법은 독서법의 대가에게 가서 직접 배우거나, 효과적이고 강력한 독서법을 찾아서 그것을 자신의 것으로 만들어, 독서 고수가 되는 것이다. - H (방법 혹은 실천법)

오늘부터 밥은 굶어도, 독서는 굶지 마라. 항상 책을 손에서 놓지 말고, 어디에서든 책을 펼쳐라. 그리고 읽고 또 읽어라. - A (강력한 제안)

본문 혹은 단락을 작성할 때 순서는 매우 중요하다. 독자가 얼마나 잘 인식하고 학습하느냐를 결정하기 때문이다. 책 쓰기에도 순서가 있고, 순서의 중요성을 앞에서 이미 이야기했다.

그리고 목차 구성을 할 때에도 순서가 중요하다는 사실을 앞에서 말했다. 그리고 이제는 본문, 단락 쓰기를 할 때에도 순서는 여전히 중요하다는 사실을 말하고 있다.

전통적인 글의 구조는 서론-본론-결론이다. 하지만 이제는 시대가 바뀌었다. 독자들은 점점 호흡이 짧아지고, 책에 관심을 가지지 않는다. 책에도 혁신이 필요한 시대다. 영화나 드라마는 기법이 갈수록 발전해 나가고 있다. 하지만 책 쓰기는 언제나 그 자리인 것 같다는 느낌을 지울 수 없다.

과거에는 그냥 이야기를 꺼내고, 그것에 대한 내용을 언급한 후, 결론에 도달하는 식이었다. 하지만 이제는 그런 단순한 구조보다는 좀 더 다이내믹한 구조를 시대가 필요로 한다. 대표적인 새로운 글쓰기 구조는 글쓰기의 마지막에 새로운 구조인 강력한 제안을 추가하는 것이다.

글쓰기의 마지막에 강력한 제안을 추가하면 무엇이 달라질까? 강력한 제안을 통해 독자로 하여금 실제로 행동으로 옮길 수 있게 강한 자극을 줄 수 있다. 그리고 독자들에게 무엇을 어떻게 행동해야 할 것인가를 저자가 직접 제시하기 때문에 명확한 목표와 행동 방향을 정확히 알 수 있다.

강력한 제안은 또한 독자에게 글의 핵심 메시지를 재강조하는 효과도 있고, 그 중요성을 인식하게 해준다. 단락의 마지막에 강력한 제안을 하면, 독자에게 강한 인상을 지속적으로 남길 수 있게 되어, 책의 내용을 오랫동안 기억하게 해준다. 대부분 강력한 제안은 독자의 고민이나 직면한 문제에 대한 해결책을 제시해 줌으로써 실용성을 향상한다. 나아가서 강력한 제안은 독자에게 강한 동기를 자극하고 부여함으로써, 더 나은 삶이나 변화를 추구하고 실천하게 해준다.

03

단순하게 쓰는 것이 책 쓰기의 숨겨진 비법이다

책 쓰기에서 가장 강조하고 싶은 것은 단순하게 쓰는 비결이다. 단순하게 쓰면 독자가 쉽게 이해할 수 있고, 즐겁게 읽을 수 있다. 어려운 것은 항상 재미없고, 지치게 만든다. 책을 단순하게 쓰면, 독자에게 즐거움을 추가하게 된다.

가장 좋은 책은 술술 읽히는 책이다. 술술 읽히는 책은 심플하고 단순하다. 초보자가 책을 쓰다 보면 늘 복잡해지고 어려워진다. 심지어 난해하기까지 하다. 그 이유는 초보자는 책을 쓸 때, 많은 이야기를 하려고 하기 때문이다. 하지만 필자가 강조하는 책 쓰기 비결은 생략이다. 하고 싶은 많은 이야기 중에 50% 이상을 생략하고 침묵을 지키라는 것이다.

선택과 집중을 해야 한다. 선택과 집중을 하지 않고, 이 얘기도 쓰고, 저 얘기도 쓰면, 결국 책은 잡지처럼 많은 지식과 정보가 들어있는 책이 된다. 홍수가 나면, 정작 마실 물이 없어진다. 책 쓰기를 할 때, 홍수처럼 너무 많은 내용, 너무 많은 주제가 담겨 있으면, 과유불급이 된다.

내용적인 측면에서도 단순함은 지켜야 할 비법이지만, 문장 표현적인 측면에서도 단순함은 반드시 준수해야 한다. 문장이 복잡하고, 길고, 불필요한 표현이 많이 들어가 있는 것보다 핵심만을 담은 간결하고 심플한 문장이 독자에게 더 강렬하게 의미 전달을 할 수 있기 때문이다.

단순함은 복잡함을 이긴다. 단순함은 힘이 세다. 단순한 글은 독자가 쉽게 이해할 수 있고, 기억에 오래 남는다. 단순한 글은 독자들에게 명확한 메시지를 전달 할 수 있고, 독자의 주의를 분산시키지 않는다.

단순하게 글을 쓴다는 것은 복잡하고 어려운 언어를 사용하지 않고, 쉬운 언어를 사용하는 것이다. 단순한 문장은 진정성이 느껴지고, 힘을 가지고 있다.

단순한 글을 쓰기 위해 꼭 말해야 할 것만 말해야 한다. 이런 사실을 강조한 우리 선조가 있다. 바로 고려시대 문장가인 이색이다. 시문과 수필에 뛰어났던 이색은 다음과 같은 말을 우리에게 해준다.

"문장은 꼭 말해야 할 것을 말하고,
꼭 써야 할 것을 쓰는 것이다."

네덜란드의 인문학자인 에라스무스도 이런 말을 한다.

"많이 쓰려고 하지 말고, 정확하게 쓰도록 애쓰라."

그렇다. 우리가 많이 쓰려고 하지 말고, 정확하게 쓰도록 애쓰면, 글은 단순해진다. 단순한 글은 독자를 사로잡는다. 글을 쓰면서. 이 글은 꼭 써야 할 것인지, 아닌지를 생각해 봐야 한다. 그렇다고 너무 생각만 많으면 안 된다. 필자가 제시하는 하나의 팁이 있다. 그것은 '써도 되고 안 써도 되는 그런 글을 절대 쓰지 말라.'는 것이다.

많은 초보자가 쓰면 안 되는 글은 절대 쓰지 않는다. 하지만 써도 되고, 안 써도 되는 그런 중간 점에 있는 내용들을 생각보다 많이 쓴다. 이것은 많은 이들이 아무 생각 없이 그냥 쓰는 경우다. 하지만 이런 내용이 많아질수록, 글은 맹물과 같이 된다.

콜라를 생각해 보면 된다. 콜라에 맹물을 자꾸 섞으면, 콜라의 특유한 맛이 사라지고, 즐겁게 마실 수 없게 된다. 콜라에는 콜라만 담아야 한다. 마찬가지로 힘 있는 글쓰기에는 관련이 있고, 반드시 써야 하는 내용만 담아야 한다. 그렇게 할 때 글은 단순해진다.

04

'논리적인 글쓰기' vs '논증적인 글쓰기'

"글쓰기에도 종류가 있다. 많은 글쓰기에는 세 가지 종류가 있다. 첫 번째는 논리적 글쓰기다. 두 번째는 감성적 글쓰기다. 그리고 마지막 세 번째가 논증적 글쓰기다. 가장 최상위 글쓰기는 논증적 글쓰기다."

논리적 글쓰기는 핵심을 빠르게 전달하는 글쓰기다. 감성적 글쓰기는 독자의 반응을 끌어내는 글쓰기이며, 마지막 논증적 글쓰기는 리더에게 꼭 필요한 능력인 독자를 단번에 설득하는 글쓰기다.

책 쓰기에 가장 필요한 두 가지 키워드는 논리와 논증이다. 전달과 소통을 위해 논리가 필요하고, 설득과 객관성을 위해 논증이 필요하다. 하버드 대학교에서 150년 동안 강조하고 가르친 글쓰기를 살펴보면, 논리적 글쓰기가 아닌 논증적 글쓰기에 가깝다.

글, 문장은 왜 존재하는 것일까? 문장의 기본적인 기능은 무엇일까? 필자는 글의 기능을 두 가지로 분류했다. 첫 번째는 기본적인 기능이고 두 번째는 상위 기능이다. 기본적인 기능은 의미 전달과 소통이며, 상위 기능은 설득과 참여를 유도하는 것이다.

논리적 글쓰기가 글의 기본 기능에 충실한 글쓰기라면, 논증적 글쓰기는 글의 상위 기능에 충실한 글쓰기다. 독자와 소통하고, 자신의 의견을 잘 전달하고자 한다면 논리적 글쓰기로 충분하다. 하지만 독자를 설득하여, 참여하고 행동하게 만들고자 한다면, 논증적 글쓰기가 필요하다.

논증적 글쓰기이야 말로 사회와 조직에서 리더가 되고자 하는 사람에게 가장 필요한 능력이다. 미국 대학의 목표는 설득력 있는 사람을 만드는 것이다. 그래서 가장 중요한 과목이 글쓰기라고 한다. 왜냐하면 자신의 생각과 아이디어를 전달하고 소통하는 논리적 글쓰기가 아닌, 상대방을 설득하고, 참여하게 하는 논증적 글쓰기가 미국 대학에서 가르치는 글쓰기의 목표이기 때문이다.

부정하고 싶지만, 한국 사회는 글쓰기 후진국이다. 논리적 글쓰기에 너무 치중하기 때문이 아니다. 글쓰기 자체를 제대로 가르치는 수업이 전무후무하다. 대학교를 졸업한 지성인들도, 대학교 교수나 의사나 변호사들도 예외는 아니다.

길거리에 나가서 지나가는 사람 100명을 붙잡고, 좋은 문장과 나쁜 문장의 기준이 무엇인지 물어보라. 명료하게 간결하게 정확하게 답변할 수 있는 사람은 10%도 되지 않을 것이다. 더 심한 것은 자신이 글을 쓰고 나서, 그 글이 좋은 글인지 나쁜 글인지 분별하고 평가할 수 있는 능력조차 없다는 것이다. 어떤 지인이 글을 쓴 후에, 글을 좀 검토해 달라고 부탁한다면, 자신 있게 글을 수정하고 교정 교열 윤문을 해 줄 수 있는 사람은 한국 사회에 0.01%도 되지 않는다.

글쓰기 선진국은 다르다. 대학 입학을 위해 에세이 쓰기를 가장 힘들게 훈련받고 연습하고 가장 지겨울 정도로 글쓰기 과목을 받는다. 글쓰기는 당신을 강하게 만들고 정확하게 만든다.

설득 분야의 최고 전문가로 평가받고 있는 제이 하인리히는 자신의 저서를 통해 글쓰기의 중요성을 다음과 같이 주장한 바 있다.

"글을 쓰면서 단련된 생각은 위기의 순간을 극복하는 순발력을 제공하고, 상대의 어떤 공격도 탄탄하게 되받아칠 수 있게 한다. 글쓰기는 생각의 근육을 강화시키고, 강화된 생각의 근육은 말하기를 강화시킨다."

그가 강조하는 글도 또한 논증적인 글쓰기에 가깝다.

글을 논증적으로 쓰는 사람은 생각이 명료하고, 사고력이 뛰어나고, 분석력과 통찰력이 남다르고, 상대방을 잘 설득하고, 주장과 근거를 잘 제시할 수 있는 리더로서 가장 필요한 능력을 갖춘 사람이다.

설득력 있는 글쓰기, 즉 논증적 글쓰기가 되기 위해서는 2가지 조건을 갖추어야 한다. 첫 번째는 글에 5가지 요소가 필요하다는 것이다. 두 번째는 그 5가지 요소가 특별한, 정해진 순서로 작성되어야 한다.

앞에서 이미 배운 칼리지 글쓰기 맵의 탄생도 논증적 글쓰기를 수강생에게 가르치기 위해 만든 것이기 때문에, 원리와 맥락은 동일하다. 여기서 한 번 더 정리를 하면 이렇다.

설득력 있는 글쓰기를 하기 위해서 필요한 5가지 요소는 메시지, 이유와 근거, 사례, 솔루션, 강력한 제안이다. 그리고 이것을 이 순서대로 작성해야 한다. 먼저 핵심 메시지를 주장하고, 그다음에 주장에 대한 이유와 근거를 밝히고, 그다음에 사례를 증명하고, 그 후에 솔루션까지 제공한 후, 마지막으로 강력한 제안을 하는 것이다.

05

현대 문장은 명문을 거부해야 한다.
명문은 골동품이다

"현대 문장은 '명문'을 거부한다. 여태까지 말하던 '명문'은 골동품으로 치부한다. 문장론도 자리가 바뀌었다. 여태까지의 문장론은 미문 지상주의 '아름다워야 글이다.'였다. 하지만, 이제는 판도가 바뀌었다.

그 어느 문장에서나 통할 좋은 글의 조건을 든다면,

첫째. 쉬운 글과

둘째, 바른 글이요,

셋째, 짧은 글과

넷째, 뚜렷한 글이요,

마지막, 이끌리는 글이다." 〈 장하늘 〉

필자가 가장 좋아하는 문장이다. 문장은 어떠해야 하는지를 알려 주는 문장이기 때문이다. 문장론의 자리가 바뀐 것이 아니라 옛날부터 문장을 제대로 쓸 줄 아는 사람들은 명문을 거부했다는 사실을 알 수 있다. 동양에서 공자가, 서양에서는 사르트르가 이런 말을 했다.

'말이나 글은 뜻을 전달하면 그만이다.'

– 공자, 《논어》 '위령공'

'문장은 꾸밀 필요 없다. 문학을 경계할 것,
펜 가는 대로 써야 한다.'

– 사르트르, 《구토》 '월요일'

책 쓰기를 시작하는 이들에게 해 주고 싶은 조언 중 하나는 명문에 너무 연연해하지 말라는 것이다. 명문을 왜 쓰려고 하는가? 명문을 쓴다고 해서 출판사와 계약되는 것은 아니며, 베스트셀러가 되는 것은 더더욱 아니다. 베스트셀러 작가가 되기 위해서는 명문이 아니라 대중이 열광하는 쉽고 간결하고 짧고 명료한 글을 쓸 줄 알아야 한다.

문장의 최대 목적은 의미를 전달하는 것이다. 즉 의미 전달이 잘 되는 문장이 좋은 문장이며, 최고의 문장이다. 그것이면 충분하다고 공자도 강조했다. 문장이란 뜻을 전달하면 충분하다. 그 이상은 사치며, 낭비다. 너무 화려하고 사치스러운 글쓰기를 할 필요가 없다. 실속 있고, 진솔하고, 올바른 글쓰기는 화려하지 않고, 멋 부리지 않는다.

독자를 모이게 하려면 명문을 쓸 것이 아니라, 명료하고 분명하고 쉽고 짧은 글을 써야 한다. 노벨문학상 수상 작가인 알베르 카뮈가 이런 조언을 한 적이 있다.

'분명하게 글을 쓰는 사람에게는 독자가 모이지만
모호하게 글을 쓰는 사람에게는 비평가만 몰려들
뿐이다.'

우리가 꼭 명심해야 할 말이다. 군더더기 없는 명료한 글쓰기는 책을 쓰는 작가가 추구해야 할 최고의 목표가 되어야 한다. 아리스토텔레스는 자신의 저서[에우데모스 윤리학]에서 아주 중요한 말을 한 적이 있다. '문장의 제일 요건은 명료함'이라고 말이다. 비트겐슈타인은 자신의 저서 [논리, 철학논고]에서 '말로 할 수 있는 것은 명료하게 말하고, 말로 할 수 없는 것은 침묵해야 한다.'고 했다.

글을 쓴다는 것은 말로 할 수 있기 때문에 글을 쓰는 것이다. 그러므로 명료하게 글을 써야 한다. 기교를 부리는 것보다 명료하게 글을 쓰는 것이 백 배 더 낫다. 간결하고 명료한 글쓰기가 최고의 문장 기술이 추구하는 방법이다.

우리 선조 중에도 장중하게 만들고 꾸미는 그런 명문에 대해 경계한 이들이 있다. 바로 박지원이다. 조선시대 유명한 문장가였던 그가 만년에 지은 [공작관문고자서]라는 책에 보면 글에 대한 그의 고견을 알 수 있는 대목이 나온다.

'글이란 뜻을 나타내면 그만일 뿐이다. 제목을 놓고 붓을 잡은 다음 갑자기 옛말을 생각하고 억지로 고전의 사연을 찾으며 뜻을 근엄하게 꾸미고 글자마다 장중하게 만듦은, 마치 화가를 불러서 초상을 그릴 적에 용모를 고치고 나서는 것 같다.'

여기서 나온 첫 문장이 '문이사의(文以寫意)'이다. 즉 '글이란 뜻을 나타내면 그만이다.'라는 의미다. 그렇다. 글이란 아름답지 않아도 된다. 글의 가장 중요한 목적은 의미를 정확히 전달하는 것이다. 그렇게 하기 위해서 뜻을 정확히 나타내는 글이 중요하다. 잔뜩 멋을 부리고 화려하고 요란하고 꾸민 글은 필요하지 않다. 이런 글은 오히려 정확한 의미 전달에 방해가 될 뿐이다.

에 필 로 그

> **글을 쓴다는 것은 인간이 누릴 수 있는
> 최고의 권리 중 하나다.**

'우리가 글을 써야 하는 가장 큰 이유는 우리 자신이 작가이기 때문이다. 글을 쓴다는 것은 타고난 권리다. 보물 상자를 여는 열쇠처럼 높은 차원의 영적인 존재들은 글을 통해서 우리에게 말을 건다. 영감, 뮤즈, 천사, 신, 예감, 직감, 영적인 길잡이. 또는 그저 달콤한 이야기라고 불러도 좋다. 어떻든 그것은 우리 자신보다 더 큰 어떤 존재와 연결해 주며, 긍정적인 태도로 활력이 넘치는 삶을 살도록 해 준다.'

– 줄리아 카메론, 《나를 치유하는 글쓰기》, 서문.

글을 쓴다는 것은 인간이 누릴 수 있는 최고의 권리 중 하나이다. 동시에 글을 쓴다는 것은 한 인간의 존재를 결정짓는 아주 중요한 행위다. 우리는 도스토옙스키의 이 말을 기억하면 좋을 것 같다.

"한 인간의 존재를 결정짓는 것은
그가 읽은 책과 그가 쓴 글이다."

하지만 책 쓰기는 그 이상이다. 책 쓰기는 영혼을 치유한다. 그리고 책을 쓴다는 것은 영혼을 치유할 뿐만 아니라 그 이상이다. 책 쓰기는 영혼을 새롭게 창조하는 행위이기도 하다. 영혼을 치유하고, 새롭게 재창조한다는 말은 무슨 말인가? 그것은 바로 자신의 삶을 재창조하고, 자신의 존재 가치를 드높인다는 말이다.

그렇다. 책을 쓴다는 것은 자신이라는 존재를 전혀 다른 존재로 거듭나게 하는 놀라운 행위다. 책 쓰기를 통해 인생을 바꾼 사람이 너무나 많은 이유다. 책 쓰기를 통해 인생이 완전하게 바뀐 사람들은 차고 넘친다. 그러므로 이제 당신도 책을 써라.

책 쓰기를 통해 가장 큰 유익을 얻는 존재는 독자가 아닌 작가 바로 자신이다. 책 쓰기는 작가에게 최고의 인생과 즐거운 창조 과정을 선사한다. 그렇게 만들어진 책일수록 독자에게도 같은 것을 제공해 줄 수 있다. 이제는 바야흐로 책을 짓고 쓰는 일이 작가만의 전유물이 아니라, 누구나 할 수 있는 시대가 되었다. 그 과정이 선사하는 창조의 순간은 해 본 사람만이 알 수 있는 보물과 같은 시간이다.

인간은 누구나 생각을 할 수 있다. 그렇다. 생각이라는 것은 누구나 할 수 있듯이, 책 쓰기도 마찬가지다. 책 쓰기를 할수록 생각이라는 것이 더 창조적으로 되고 날카로워진다. 도끼날이 날카로워야 나무를 벨 수 있듯이 생각도 날카로워야 많은 문제를 해결하고, 더 창조적인 삶의 길을 제시하고, 새로운 인생과 세상을 만들어 낼 수 있다.

무엇이든 시작은 어렵고 낯설다. 하지만 시작하지 않으면 그 어떤 변화도 생기지 않는다. 인생을 바꾸고 싶다면 새로운 것들을 많이 시작하고 도전해야 한다. 실패를 많이 할수록 그만큼 더 성공에 가까워지는 법이다. 그러므로 실패나 실수를 두려워해서는 안 된다.

책 쓰기는 작가나 언론인들만의 전유물도 아니면, 똑똑한 사람이나, 많이 배운 사람들만의 전매특허도 아니다. 책 쓰기는 누구나 할 수 있는 천하의 공유물이 되었다. 그러므로 이제 당신도 가능하다. 책을 통해 인생을 바꿀 수 있다. 하지만 인생을 바꾸지 않아도 좋다. 책 쓰기는 인간이 누릴 수 있는 최고의 특권 중 하나이므로, 그 특권을 마음껏 누리는 것만으로도 기쁘지 아니한가?

부록

김병완 칼리지
책 쓰기
작가수업 교재

ㅣ

7주 만에 작가되기

무엇을 쓸 것인가? 주제 선정

책 쓰기의 첫 단계는 '무엇을 쓸 것인가?' 하는 주제 선정 단계다. 주제 선정을 어떻게 하느냐에 따라 당신의 책 쓰기가 성공과 실패의 갈림길에서 어느 쪽으로든 갈 수 있다는 사실을 알아야 한다. 혹자는 주제 선정도 제대로 하지 않고, 본문을 무작정 쓰기도 한다. 바로 이렇게 주제 선정 단계를 제대로 거치지 않았기 때문에 이런 작가들은 갈수록 애를 먹게 되고, 책 쓰기를 포기하게 되는 것이다. 다시 말해, 주제 선정 단계는 책 쓰기에서 가장 중요하다고 할 수 있다. 책 쓰기는 무엇을 쓸 것인가와 어떻게 쓸 것인가로 나눌 수 있기 때문이다. 이 중에서 가장 중요한 것은 무엇을 쓸 것인가에 대한 명확한 주제 선정이다. 주제 선정만 제대로 잘하면, 그다음부터는 차근차근 하나씩 써 내려가면 되기 때문이다.

주제 선정을 하지 않거나, 잘 못하고 책 쓰기를 하는 사람들은 몇 개월 혹은 몇 년 동안 엄청난 고생을 하게 될지도 모른다. 마치 지도도 없이, 길도 모르면서 무작정 엄청난 밀림 속에 뛰어든 것과 다름없기 때문이다. 뿐만 아니라 책을 쓰고자 하는 이들에게 출판사와 계약을 하느냐 못 하느냐는 가장 중요한 문제일 것이다. 특히 전업 작가의 길을 선택한 이들에게는 더더욱 그럴 것이다. 출판사와 계약을 쉽게 잘 하는 방법 중에 하나가 좋은 주제를 선정하는 것이다. 그렇다면 좋은 주제는 무엇일까? 어떤 주제가 좋은 주제일까? 먼저 주제가 너무 평범한 스토리이면 안 된다. 주제가 너무 평범한 내용이면 안 된다는 말이다.

즉 좋은 주제는 차별화된 독특한 내용이어야 한다는 것이다. 좋은 주제는 세 가지가 반드시 있어야 한다. 첫째는 독특함, 둘째는 참신함. 셋째는 호기심을 자극하는 반전이다. 독특하지 않으면, 평범하면 좋은 주제라고 볼 수 없다. 그리고 독특하더라도 참신하지 않으면 안 된다. 이미 누군가가 사용한 주제라면 그렇다. 그리고 가장 중요한 것은 독자들의 호기심을 자극할 수 있는 반전이다.

나만의 주제를 찾는 비법(내가 쓰고 싶은 주제 vs 내가 쓸 수 있는 주제)

문제는 이것이다. 바로 주제다. 주제는 적지 않은 것들을 결정한다. 작가의 입문 과정이라고 할 수 있는 출판사와의 계약에 가장 큰 영향을 끼치는 것이 바로 이것이다. 책 쓰기에서 가장 중요한 것이 바로 주제 선정이다. 자, 그렇다면 주제 선정은 어떻게 해야 하는 것일까? 먼저 주제의 종류에 대해서 살펴보자. 우리가 쓸 주제는 크게 두 가지로 나눌 수 있다.

첫 번째는 내가 쓰고 싶은 주제이다. 이런 주제는 삶에서 우러나오게 되어 있고, 아주 독창적인 주제가 될 수 있다. 하지만 이런 주제의 가장 큰 단점은 대중들이 흥미를 거의 느낄 수 없게 될 소지도 있다는 것이다. 이런 주제의 가장 큰 장점은 사람에 따라 그 범위가 무궁무진할 수 있다는 것이다. 확장성이 매우 높지만, 덜 매력적일 수 있다. 하지만 가장 강력한 글들이 쏟아져 나올 수 있다는 점에서 강력하게 추천하는 주제이다.

두 번째는 내가 쓸 수 있는 주제다. 이런 주제는 삶이 아니라 세계에서 찾을 수 있다. 남과 다르게 세상을 바라볼 수 있는 눈을 가진 사람은 자신이 쓸 수 있는 주제가 매우 넓다. 하지만 세상과 타인에 대해서 관심이 없는 사람은 어쩌면 쓸 주제가 매우 한정되어 있을 수 있다. 작가의 삶의 경험과 지식과 사색의 깊이와 넓이에 따라 범위가 한정된다. 이것이 가장 큰 단점이다. 당신이 책을 쓸 때 선택해야 하는 주제는 어떤 것일까? 필자의 대답은 바로 이 두 가지 주제를 모두 충족시켜 주는 주제여야 한다는 것이다. 당신이 쓰고 싶은 주제이면서, 동시에 제대로 잘 써낼 수 있는 주제여야 한다.

내가 쓰고 싶은 주제이지만, 제대로 잘 써낼 수 없는 주제를 선택한 작가들은 항상 중도 포기하는 경우가 허다하다. 반대로 그렇게 쓰고 싶은 주제는 아니지만, 제대로 잘 써낼 수 있는 주제를 선택한 작가들은 절대로 중도 포기하지 않는다. 한 권의 책을 쓰는 것이 그렇게 힘들거나 어렵거나 스트레스를 받는 일이 아니기 때문이다. 결론은 바로 이것이다. 주제 선정을 어떤 것을 하느냐에 따라 당신의 책 쓰기가 성공하느냐 마느냐가 결정된다는 것이다. 주제 선정을 잘못하면 책 쓰기를 하는 몇 개월 혹은 몇 년이 지옥이 될 수 있다. 하지만 자신에게 맞는 주제를 잘 선정한 경우에는 책 쓰기를 하는 내내 즐겁고 신나는 시간을 만끽하게 된다. 필자가 이런 경험이 적기 않기 때문에 자신 있게 말할 수 있는 것이다. 자, 그럼 실습을 해 보자. 독특하고 참신하고 호기심을 자극하는 반전이 담긴 좋은 주제는 어떤 것이 있을까? 필자의 수강생 중의 한 명이 쓴 책의 주제를 살펴보자. 수강생 중의 한 명은 아내가 임신한 후, 아빠 태교의 중요성에 대한 책을 쓰기로 결정하고 아래와 같은 주제를 선정했다.

'아내가 임신했다. 남편이 태교하라.'

아빠 태교가 아이의 미래를 바꾼다고 주장하면서 말이다. 이 책의 수강생은 원고 투고하자마자 바로 출판사와 계약이 되었다. 그 어떤 사람도 쓰지 않았던 아빠 태교라는 참신한 주제로, 독특하게 주제를 선정한 것이다. 아주 좋다. 이전의 책들은 기껏해야 아빠가 태교를 도와주고, 지원해 주는 성격의 책이었지만, 아빠가 본격적으로 주도하고, 리드하고, 태교를 하는 '아빠 태교'는 아주 보기 드문 주제인 것이다. 두 번째 소개할 주제도 매우 독특하고, 참신하고 호기심을 자극하는 반전이 있는 책이다. 이 수강생도 역시 8주 수업 시간에 원고 투고를 해서, 투고하자마자 계약이 되었다. 이 책의 주제는 바로 이것이다.

"남편이 바람피워도 행복할 수 있는 18가지 방법"

남편이 바람피우는 최악의 상황에서도 여성들의 행복은 바로 본인에게 달려 있고, 어떤 상황에서도 행복할 수 있다는 사실을 강조한 책이다. 세상은 마음대로 되지 않지만, 자신의 마음과 생각은 자신이 선택할 수 있고, 결정할 수 있다. 그래서 이 수강생은 독자들에게 이렇게 이야기한다.

"남편이 바람피우나요? 그렇다면 행복해질 일만 남았어요."

"남편이 혹시 바람피우나요? 이제 당신은 더 행복해질 수 있겠네요."

세 번째 사례는 게임에 관한 주제다. 보통 게임이라고 하면, 자녀들에게 부정적인 측면을 생각한다. 하지만 수강생 중의 한 명은 게임의 긍정적인 측면을 주제로 삼았다. 그래서 이 책의 제목과 주제는 한 마디로 이것이다.

"당신의 자녀에게 게임을 허(許)하라."

독특하고 참신하고 호기심을 자극하는 반전이 충분히 있는 주제다. 온라인게임으로 명상의 효과를 얻을 수 있다는 것이 이 책의 핵심 주제다. 물론 이 수강생도 원고 투고를 하자마자 계약이 되었다. 게임으로 명상을 하고, 명상의 효과를 얻을 수 있다는 독특한 주제의 이 책은 당연히 독자들이 많을 수밖에 없다. 지금까지 많은 게임 책들이 게임 중독에서 벗어나기에 대한 주제로 책을 썼다면, 이 책은 완전한 반전과 호기심을 자극하는 책이라고 할 수 있다.

명심하자. 책 쓰기를 어떻게 하느냐, 어떻게 쓰느냐는 그 자체로 하나의 기술이며, 학문이며, 길이다. 책 쓰기라는 그 길을 통해 천국을 경험할 것인지, 아니면 지옥을 경험할 것인지 아니면 두 개 다 경험할 것인지 혹은 두 개 모두 경험하지 못할 것인지는 오롯이 당신의 책 쓰기 기술에 달려 있다. 다시 말해 당신에게 전적으로 달려있다. 구슬이 서 말이라도 꿰어야 보배가 되듯, 당신의 콘텐츠나 스토리가 무엇이든 잘 꿰어야만 보배가 될 수 있고, 책이 될 수 있다. 잘 꿰는 기술이 바로 책 쓰기 기술이며, 이것을 연습하고 훈련하는 것이 바로 책 쓰기 학교, 책 쓰기 작가 수업의 주된 목적이다.

어떻게 쓸 것인가? 목차 작성 수업

이제 2주차다. 책 쓰기의 두 번째 단계는 책의 전체 구상에서 한 단계 더 나가서 구성을 하는 단계다. 건물의 설계도와 같은 역할을 한다. 목차를 잘 작성해 놓으면 책 쓰기의 윤곽이 잡히고 자신감도 많이 상승한다. 책을 한 권 혼자의 힘으로 쓴다는 것은 정말 엄청난 일이다. 그것을 해 본 사람들은 안다. 그리고 그것이 얼마나 뿌듯하고 기쁜 일인지도 말이다. 그런데 책 쓰기를 잘하기 위해서 필요한 것을 물어보면, 대부분의 사람들이 필력이나 문장력과 콘텐츠라고 답을 한다. 하지만 5년 이상 책 쓰기 코치를 해 본 사람으로서, 5년 동안 80여 권의 책을 실제로 출간해서 베스트셀러 작가가 되어 본 사람으로서 본다면 필력이나 문장력, 심지어 콘텐츠보다도 더 중요한 것이 있었다. 그것은 바로 목차 구성이다.

목차 구성을 잘하면 작가가 책을 쓸 때 너무나 편하다. 그리고 독자들도 책을 읽기 너무 쉬워진다. 하지만 목차 구성이 엉망이면, 독자들은 읽을수록 애매해진다. 작가 입장에서도 책을 쓰기가 힘들어진다. 쓰면서도 자신도 무슨 이야기를 지금 하고 있는지도 모르게 된다. 진퇴양난을 경험하게 된다.

목차 구성에서 중요한 것은 무엇인가? 첫 번째는 작가 중심에서 독자 중심으로 변경해야 한다는 것이다. 두 번째는 논리적이고 이성적인 똑 부러지는 목차보다는 감성을 자극하는 인간적인 목차가 더 낫다는 것이다. 세 번째는 단어 선택을 잘해야 한다는 것이다. 강력한 힘을 가지고 있는 기적의 단어들이 있다. 예를 들면, '새로운', '기적의', '놀라운', '탁월한' 등의 단어들이다. 네 번째, 심리학을 이용해서 인간의 심리를 잘 활용하라는 것이다. 마지막 다섯 번째이면서 가장 중요하고 기본이 되는 사항은 3S다.

간결하게 simple	짧게 short	명확하게 sharp

목차는 간결하고 짧아야 하고, 명확해야 한다. 두루뭉술한 목차는 절대 안 된다. 그리고 목차의 생명은 가독성이다. 한눈

에 책 내용 전체가 보일 수 있게 만들어야 한다. 그렇게 하기 위해서는 목차가 길면 안 된다. 작가도 힘들지만, 독자들이 더 힘들어진다. 목차를 작성하기 위해서 가이드라인이 있어야 한다면 이런 것이 될 것이다.

첫째. 핵심 주제가 제대로 표현되었는가?
둘째. 재미있고 쉽게 표현되었는가?
셋째. 책의 내용과 맞는 목차 구성인가?
넷째. 표현이 정확하고 간결한가?
다섯째. 복잡하고 장황한 표현은 없는가?
여섯째. 목차들이 너무 길거나 어렵게 표현된 것은 없는가?
일곱째. 맞춤법과 띄어쓰기가 잘 되었는가?
여덟째. 독자의 눈높이에 맞추어 작성하였는가?
아홉째. 일목요연하고 가독성이 좋은가?

이 아홉까지 중에 세 가지를 선택하라고 한다면, 첫 번째인 핵심 주제가 제대로 표현되었는가와 세 번째 책의 내용과 맞는 목차 구성인가와 네 번째 표현이 정확하고 간결한가이다. 가장 좋은 목차는 작가의 메시지가 무엇보다 쉽게 독자들에게 이해될 수 있는 간결하고 일목요연한 목차다. 자 그렇다면 실제로 목차를 작성한 수강생들의 목차들을 살펴보자. 먼저 '당신의 자녀에게 게임을 허하라.' 라는 원고의 목차를 보면, 이 책의 핵심 주제가 제대로 표현되어 있고, 쉽고 재미있게 표현되어 있다는 것을 알 수 있다.

누구에게 왜 쓰는가? 서문 작성 수업

이제 3주 차다. 서문 작성이다. 서문은 독자들이 가장 먼저 읽는 글이다. 그래서 본문보다 더 중요하다. 첫인상이 중요하듯, 서문에서 강한 임팩트를 줄 수 있다면 반은 성공한 것이다. 서문은 독자로 하여금 이 책에 빠져들게 만드는 유혹(?)하는 글쓰기여야 한다. 최악의 서문은 독자의 소매를 잡아서 끌지 못하는 글이다. 서문은 반드시 그 글을 읽는 독자들을 놓쳐서는 안 된다. 서문을 본 독자들로 하여금 반드시 본문을 읽지 않으면 안 되게 만드는 것이 서문의 역할이다. 글쓰기란 바로 이래야 한다.

그래서 서문은 단순한 초대장이면 안 된다. 독자들로 하여금 오지 않으면 안 되는 소환장이 되어야 한다. 그렇다면 어떻게 써야 할까? 그래야 독자들이 모두 강제로 소환되는 것일까? 어떻게 하면 독자들이 이 책을 읽을지 말지의 고민에서 벗어나 쉽게 강력하게 읽을 것을 결정하게 만들 수 있을까? 더 이상 어떻게 하면 잘 쓸 수 있을까에 대해서 고민하지 말라. 아주 쉽게 서문을 잘 작성할 수 있는 꿀팁이 있다. 그것은 바로 '멋진 인용구나 명언으로 시작하는 것'이다. 이렇게 멋진 인용구나 명언으로 시작하면 처음부터 독자로 하여금 몰입하게 만들 수 있다는 가장 큰 장점이 있다. 이 방법은 효과 만점이다. 실제로 경험해 본 적이 적지 않고, 수많은 수강생들로 하여금 출판사와 계약이 되도록 해주는 일등 공신이다.

필자가 자주 사용하는 멋진 인용구는 동양 고전이다. 특히 사마천의 [사기]에 나오는 문장을 자주 인용한다. 하지만 멋진 인용구로 사용한다고 해서 모든 것이 끝난 것은 아니다. 반드시 독자를 유혹하고, 심지어 최면을 걸 수 있어야 한다. 그래야 독자들이 소환되는 것이다. 앞에서도 이야기했지만, 단어라고 해서 다 같은 단어가 아니다. 같은 의미이지만 더 강력한 단어들이 존재한다. 그것을 필자는 마법의 단어라고 부른다. 마법의 단어를 사용하면 독자들을 더 쉽게 유혹할 수 있다.

대표적인 마법의 단어는 이런 것이다. '기적', '새로운', '놀랄 만한', '혁명적인', '주목할 만한', '~에 관한 진실' 그리고 마법의 단어를 사용하는 것보다 더 중요한 방법이 있다. 절대로 결론을 뒤로 보내지 말라는 것이다. 처음부터 핵심으로 들어가, 결론부터 이야기해야 한다. 서문 쓰기에서 주의해야 할 것은 서론이 너무 길거나 밋밋하면 절대 안 된다는 것이다. 서론이 너무 길면 독자들은 주저하지 않고 책을 던져 버린다. 내용이 너무 단조롭거나 밋밋해도 그렇게 한다. 서문 쓰기에 있어서 정말 조심해야 할 것은 kiss 기법이다. 멍청이도 쉽게 이해할 수 있을 만큼 심플하게 쉽게 작성해야 하는 것이 서문이고 본문이다. 모든 글쓰기의 최고의 지침은 kiss 기법이다. keep it simple, stupid!

글쓰기에서 가장 멍청한 짓은 글을 어렵게 복잡하게 작성하는 것이다. 특히 서문은 더 그렇다. 좋은 서문은 쉬운 글이다. 쉬운 글이 읽히는 글임을 명심하라. 읽히지 않는 책은 책이 아니다. 그러므로 쉽게 쓰도록 노력해야 한다. 자. 그렇다면 서문 샘플 사례를 살펴보자. '당신의 자녀에게 게임을 허(許)하라'라는 책의 서문이다.

서문: 왜 자녀에게 게임을 허락해야 하는가?

우리를 놀라게 하는 통계가 있다. 자살률 세계 1위! 한국

의 자살률이 OECD 국가 중 11년째 굳건한 1위를 지키고
있고, 심지어 한국에서 2007년부터 2011년까지 자살로
생을 마감한 사람들의 수(71916명)가 같은 기간 이라크 전
쟁 중에 사망한 군인과 민간인의 수(38625명)에 비해 2배
이상 많으며(3일 보건복지부 발표), 인구 10만 명당 한국의 자
살률(29.1명)이 최근 세계 최악의 경제난으로 나라 자체가
부도 위기라는 그리스의 자살률(4.2명)에 비해서도 약 7배
나 더 많다

– 오마이뉴스(시민기자), 15.10.12 10:47 조영훈(libero1002)

11년째 자살률 1위를 기록하고 있다. 자살의 연령대를 조사
해 보면 청소년 자살은 해마다 증가하고 있다. 또 현재 20~30
대 사망 원인 1위는 자살이다. 11년 전의 아이들이 커서 스스
로 목숨을 끊었다고 말할 수 있다. 무엇이 우리 아이들을 자살
로 몰아가고 있는가? 왜 우리 청소년들의 자살이 증가하고 있
는가? 그 자살의 원인은 무엇인가?

청소년 자살 원인
1위– 성적, 진학 (39.2%)
2위– 가정불화 (16.9%)

3위- 경제적 어려움 (16.7%)

4위- 외로움과 고독 (12.5%)

5위- 친구 따돌림 (7.1%)

– 2012년 통계청

자살 생각을 해 본 청소년의 74%는 평상시 스트레스에 많이 시달렸다.

– 연합뉴스TV 4441(기사문의), yjebo@yna.co.kr

당신의 자녀는 성적, 진학, 가정불화 등으로 스트레스를 받고 있다. 이 스트레스를 극복하지 못해서 자살하고 있다. 청소년 시절을 무난히 지나갔다 해도 청년이 되어 스트레스를 이기지 못하고 자살하는 사태가 발생한다. 우리가 청소년을 위해서 해야 할 일은 무엇인가? 당신 자신의 자녀를 위해서 무엇을 해 줄 것인가? 청소년들이 스트레스에서 벗어날 방법을 제시해야 한다. 스트레스가 왜 생기는 지를 알려줘야 한다.

스트레스가 진행되는 모습을 알고 어떻게 하면 스트레스와 맞설 수 있는가를 가르쳐 줘야 한다.

"명상은 마음을 열고, 어떤 것도 받아들일 수 있는 상태에서 자기 자신에 대해 인식하지 않는 경험이며 스트레스에 대한 면역성을 키우는 데 도움이 된다."

– 카네기 멜런 대학교, 데이비드 크레스웰 교수

"가만히 앉아서 내면을 들여다보면 우리의 직관이 깨어나기 시작하고 세상을 좀 더 명료하게 바라보며 현재에 보다 충실하게 됩니다. 또 전보다 훨씬 더 많은 것을 보는 밝은 눈이 생겨납니다."

– 스티브 잡스

　현대인들이 알다시피 명상은 이미 그 효과를 인정받았다. 최고의 효과는 스트레스에서 벗어난다는 것이다. 또한 마음의 안정을 찾고 무한한 상상력을 발휘하며 위대한 창조력까지 나타낼 수 있다. 기업가라기보다는 정신이 결합된 물질의 혁명가로 생각되는 스티브 잡스의 말에서도 명상을 통해서 혜안이 생긴다는 것을 알 수 있다. 아이들뿐만이 아니라 어른들까지 현대인에게 필요한 스트레스를 줄이는 방법! 그것은 명상이라고 단언할 수 있다. 그러나 아이들에게 가만히 앉아서 한참 동안을 움직이지 않고 명상을 하라고 한다면 과연 당신의 자녀는 할 수 있겠는가? 웬만한 어른들도 힘들어하는 명상을 말이다.

"나는 평생 하루도 일하지 않았다. 그것은 모두 재미있는 놀이였다. I never did a day's work in my life. It was all fun."

– 토마스 A. 에디슨

사실 최고의 발명가 에디슨은 엄청난 실패를 거듭했다. 사람들의 조롱을 받으며 아무도 생각하지 못하는 자신만의 아이디어를 현실에서 나타내 보였다. 우리가 생각할 때 분명 엄청난 스트레스를 받았으리라. 그러나 에디슨은 말한다. 놀이를 즐겼을 뿐이라고. 우리 아이들에게 놀이의 즐거움을 알게 해 주어야 한다. 놀이는 스트레스를 줄이는 것뿐 아니라 무한한 상상력을 일으키는 원동력이 된다. 그렇다. 놀이와 명상의 결합!

이것이라면 아이들이 충분히 명상할 수 있다. 현재 청소년들에게 최고의 놀이는 온라인게임이다. 반면 부모에게는 최고의 문젯거리이기도 하다. 게임으로 명상한다면 청소년들은 놀이라서 흥미를 가질 것이다. 부모는 문젯거리를 도구로 삼아 자녀에게 집중력, 자제력, 심리적 안정과 나아가 창조력까지 전달해 줄 수 있다. 물론 독서, 음악 감상, 운동, 등의 활동도 권장한다. 그러나 이 책에서 얘기하는 게임 명상을 시켜보기 바란다. 청소년은 나라의 보배다. 자녀는 부모의 희망이다. 우리 아이들이 스트레스를 조금이라도 덜 받길 바란다. 스트레스를 받더라도 잘 이겨내길 바란다. 자살 충동에서 조금이라도 멀리 떨어지길 바란다. 자살 충동이 생기더라도 잘 절제하길 바란다. 부모님들과 자녀들에게 조금이라도 도움이 되길 바라며 이 글을 쓴다.

또 하나의 서문 작성 샘플 사례를 살펴보자.

이번에는 [남편이 바람피워도 행복하게 살 수 있는 18가지 방법] 이란 책의 서문을 보자.

〈프롤로그〉 당신, 오늘 행복한가요?

"대부분의 사람은 마음먹은 만큼 행복하다."

– 에이브러햄 링컨

2014년 패션 매거진 〈엘르〉에서 42개국 여성들을 대상으로 설문조사를 했다. '지금 행복한가?'란 질문에 한국 여성은 평균 40%만이 '행복하다'고 응답하여 39위를 차지했다. 외모 만족도는 37%로 꼴찌를 차지했다.

우리나라 여성들은 왜 행복하지 않을까. 결혼생활에서 가장 큰 위기는 언제일까? 남편이 갑작스레 실직하여 온 가족이 길바닥에 나앉게 되었다면, 누군가 큰 병에 걸렸다면, 살다 보면 생각조차 하기 싫은 고통스러운 순간들이다. 그런데 평범한 여성들에게 가장 견디기 힘든 상황은 남편의 외도일 것이다. 배신감과 분노는 어떠한 표현으로도 쉽게 설명하기 어렵다. 남편의 바람을 알게 된 순간, 당신은 어떤 선택을 할 것인가. 무릎 꿇고 빌 때까지 화를 내며 싸울 것인가, 도저히 용서할 수 없는 남편과 당당히 이혼하고 또 다른 행복을 찾을 것인가. 그런데 문득 '아빠같이 되고 싶다'는 아이 생각이 난다. 처음이니 눈 딱 감고 한 번만 용서해 줄까?

어떤 선택을 하던 우리는 이미 불행하다. 아무 일도 일어나지 않은 행복했던 순간으로 돌아갈 수 없음을 잘 알기 때문이다. 그런데 남편의 외도로 인해 자신까지 불행하게 사는 것은 바보 같은 짓이다. 남편이 무슨 일을 하든 우린 행복하게 살 수 있다. 흔들리는 건 세상이지 우리 마음이 아니기 때문이다. 우리를 힘겹게 하는 상황에 동조하지 않고 그것을 살아내는 것은 우리 선택에 달렸다. 남편이 바람나는 것처럼 온 세상이 송두리째 흔들리는 것 같은 상황은 우리가 더 행복하게 살아야 할 또 하나의 이유가 될 뿐, 당신 불행과는 관련이 없다. 어떠한 상황에서도 우리는 마음먹은 만큼 행복할 수 있다. 인생의 묘미는 태풍이 몰아치는 그 순간, 태풍을 피하지 않고, 오히려 그 안으로 들어가 춤을 추며 그것을 즐기는 데 있다고 한다. 다가오는 고통을 피하기만 한다면 제대로 된 삶을 살아 볼 수 없을 것이다.

진정한 삶의 의미를 놓치고 매번 쉬운 길을 찾는다면 인생이 당신을 위해 준비해 놓은 것을 영원히 만날 수 없다. 매일 우리는 수많은 선택을 한다. 지금 내 모습은 내가 선택한 그대로다. 나는 행복하기로 선택했다. 그러한 선택을 할 수 있도록 도와준 것이 많은 책들이다. 책을 통해 힘겨운 상황을 극복해 나가는 사람들의 이야기를 들었고 내가 정말로 원했던 것을 알게 되었으며 따스한 위로를 받았다.

이 책은 나와 같은 3040 여성들에게 남편이 바람피우는 것처럼 혼자서 어찌할 수 없는 시련 속에서도 흔들리지 않을 방법을 알려 주는 예방주사와 같은 책이 될 것이다. 난 여전히 명품 가방이 좋고, 멋진 차를 타고 싶고 예쁜 집에서 살고 싶다. 그러나 지금 나는 갖고 싶은 것에 더 이상 집착하지 않는다. 원하는 것을 갖지 못해도 괴롭지 않고, 그것을 가지고 있는 타인을 질투하지도 않는다. 이제 내 인생의 지도를 내가 그릴 수 있게 된 것이다. 내 인생의 주인으로 사는 것이 행복의 시작이 아닐까.

4주 차

문장을 어떻게 쓸 것인가? 문장 강화

문장을 어떻게 쓰면 좋을까? 고민할 필요가 없다. 본문 쓰기를 매일 매일 그날의 일에 대해서 기록하는 일기 쓰기와 같이 별개의 글쓰기라고 생각하면 된다. 어떻게? 이미 목차가 구성되어 있기 때문에 이것이 가능하다. 목차가 5장이고, 각 장마다 소목차가 5개씩, 총 25개의 소목차로 구성된 책을 쓴다고 하면, 25개의 소목차를 별개의 독립된 25개의 일기라고 생각하고 쓰면 된다. 25개의 소목차를 쓸 때도 본문을 여러 개의 독립된 이야기의 단락으로 생각해서 여러 개의 단락을 계속해서 작성하면, 한 권 분량의 본문을 쓸 수 있게 되는 것이다.

본문 쓰기를 할 때 작가 중심의 글쓰기보다는 독자 중심의 글쓰기가 매우 중요하다는 점을 잊지 말자. 작가의 심장을 뛰게 하는 메시지보다는 독자의 가슴을 뛰게 하는 메시지가 더 낫다. 독자의 가슴을 뛰게 하기 위해서 필요한 것은 세 가지로 요약할 수 있다. 첫 번째는 호기심을 자극하는 도입부, 두 번째는 강한 인상을 지속적으로 줄 수 있는 본문 내용. 세 번째는 마음을 사로잡는 글 마무리다. 호기심을 자극하는 도입부를 작성하기 위해서는 내용도 중요하지만, 표현의 방식, 문체의 종류, 문장의 종류 등도 매우 중요한 포인트다.

첫 문장을 가급적으로 간결하게 써야 하고, 내용은 도발적이고 강렬할수록 독자가 자극을 받게 된다. 또한 첫 문장은 명언이나 질문으로 시작하는 것도 좋은 방법이다. 강한 인상을 지속적으로 주는 본문을 쓰기 위해서는 비유법의 힘을 활용하는 것이 중요하다. 자신의 지식과 경험만으로 본문을 완성한다는 것은 어리석은 짓이다. 타인의 지식과 경험을 가져와야 한다. 심하게 이야기하면 훔쳐야 한다. 현인들의 지식과 경험, 사상과 견해를 훔치는 것은 도둑질이 아니라 우리 자신의 부족한 지식과 경험을 좀 더 완벽하게 보완해 주는 훌륭한 도구이다. 마음을 사로잡는 종결부를 쓰기 위해서는 문장을 입체적으로 작성하는 것이 중요하다. 지루한 반복은 절대로 해서는 안 된다. 강렬한 마무리는 입체적이고 다각적인 문장 쓰기와 시각에서 비롯된다.

전쟁할 때 육지만을 생각해서는 안 된다. 해상도 있고, 하늘도 있다. 본문 쓰기도 마찬가지다. 입체적인 글쓰기란 예측 가능한 글쓰기, 문장 쓰기에서 벗어나 다양한 문체와 다각적인 시각의 글 마무리를 이야기한다. 좋은 본문은 어떤 것일까? 좋은 본문의 기준은 무엇일까? 재미있고 유익해야 하지 않을까? 그리고 여기에 한 가지를 더 추가한다면, 좋은 본문은 늘 독자의 예상을 뛰어넘는 내용이어야 한다는 점이다.

누구나 예측 가능하다면 그것은 평범한 본문이다. 하지만 독자가 전혀 예측할 수 없었던 본문 내용이라면, 그것은 비범한 본문이다. 이것이 좋은 본문의 조건이다. 본문 쓰기에서 문장 쓰기를 빼놓고 이야기해서는 안 된다. 수많은 문장이 모여 본문이 되기 때문이다. 그렇다고 해서 문장만 잘 쓴다고 해서 좋은 책이 되는 것은 아니다.

문장은 약간의 연습과 훈련을 통해서 비슷한 수준의 문장을 쓸 수 있게 되지만, 본문 내용은 약간의 연습과 훈련만으로 절대 비슷해질 수 없다. 그렇기 때문에 좋은 책, 좋은 본문은 문장이 결정하는 것이 아니라 내용이 결정하는 것이다.

문장 쓰기에 대해서는 이야기할 것이 많기 때문에 따로 챕터 한 장을 다 사용하여 8장에 담았고, 여기서는 가장 기본적인 몇 가지 문장 쓰기에 대해서만 말하고자 한다.

문장 쓰기, 즉 글쓰기의 제1 원칙은 무엇일까? 글쓰기에 있어서 가장 중요한 것은 무엇일까? 화려함, 세련됨. 아름다움 등이 문장에 있어서 가장 기본적이면서도 중요한 요소일까? 아니다. 물론 아름다운 문장이 그렇지 못한 문장보다 더 좋은 문장이지만, 아름다움보다 더 중요한 문장의 기본 요소가 있다. 그리고 그것은 바로 전달력이다. 문장이란 모름지기 전달력이 부족하면 문장의 원래 기능을 다하지 못하게 되기 때문에 전달의 기능은 문장의 첫 기능이며 본질적인 요소다.

전달력이 좋은 문장이 훌륭한 문장이라고 할 수 있다. 문장 쓰기의 제1 원칙으로 전달력을 들어야 하는 이유가 바로 이것이다. 공자도, 아리스토텔레스도, 연암 박지원도 모두 이구동성으로 문장 쓰기의 중요한 요소인 전달의 기능에 대해서 언급한 바 있다. 전달력이 좋은 문장을 쓰기 위해서 필요한 문장 쓰기 기술은 어떤 것이 있을까?

첫 번째로는 단어나 표현의 중복을 없애는 것이다. 예를 들면 '사전에 예측하다.'라는 표현보다는 '예측하다'라고 하는 것이 중복을 없앤 좋은 표현이다. '갑자기 졸도하다.'라는 표현도 마찬가지다. 중복이다.

두 번째로는 피동형태의 표현보다는 능동 형태의 문장을

자주 사용하는 것이다. 예를 들면 '개선시키다'라는 표현보다는 '개선하다'가 훨씬 더 전달력이 강하다. 다른 예를 살펴보면 이렇다. '구속시키다' 보다는 '구속하다'라는 표현이 더 전달력이 강할 뿐만 아니라 우리말 바로 쓰기에도 부합한다.

세 번째로는 일본식 말투, 영어식 말투, 번역 투의 말투는 피해야 한다. 예를 들면, '10년 동안 연구를 행한 끝에 큰 성과를 보았다'라는 표현보다는 '10년 동안 연구한 끝에 큰 성과를 보았다'라는 문장이 더 좋은 것이다.

네 번째로는 쉬운 표현을 자주 사용하라는 것이다. 어려운 표현은 작가와 독자 모두를 힘들게 한다. 예를 들면, '축적하다'라는 표현대신 '모으다'라는 표현은 어떨까? '통지하다'라는 표현대신 '알리다'라는 표현은 훨씬 더 쉽고 명확한 표현이다. '증진하다'라는 표현과 '늘리다'라는 두 가지 표현 중에 어떤 표현이 더 명확하고 쉬운 표현일까? 선택은 독자의 몫이다. 더 자세하고 많은 문장 쓰기에 대한 이야기는 8장에서 본격적으로 하겠다.

한 가지 명심해야 하는 것은 이론적으로 배워서 가능한 것이 글쓰기가 아니다. 글쓰기는 반드시 자신이 직접 배우고 익혀야 한다. 실습이 더 중요한 것이 글쓰기이며, 실제로 하지 않고, 이론적으로 이해하고 암기한다고 해서 글쓰기 실력이 증가하는 것은 절대 아니다. 바로 이런 점에서 실제로 책을 한 권 출간해 본 사람은 달라도 어딘가 다르기 마련이다.

첫 문장을 쉽게 쓰는 3가지 방법

책 쓰기에 있어서 초보자들이 가장 힘들어하는 것 중의 하나가 첫 문장을 시작하는 것이다. 첫 문장을 쓰지 못해서 몇 시간씩 낭비하고 급기야는 책 쓰기를 그날은 포기하는 경우가 적지 않다. 하지만 첫 문장을 쉽게 시작하는 방법이 있다.

첫 번째는 질문으로 시작하는 것이다. 질문을 해 보면 놀랍게도 그것에 답하기 위해서 글을 쓰다 보면 글쓰기가 술술 풀리게 되는 경우가 많다. 그래서 첫 문장이 매우 중요한 것이다. 이 방법은 《총·균·쇠》의 저자인 제레드 다이아몬드가 많이 사용하는 방법이기도 하다.

"왜 대한민국 사람들은 오직 읽기만 하는 바보가 되었을까?" 한국 사회를 살펴보면 '공부의 신'은 정말 차고 넘칠 만큼 많다. 그런데 놀랍게도 '독서의 신'은 찾아보기 어렵다. 반대로 일본에서는 '독서의 신'들을 쉽게 찾아볼 수 있다. 바로 이 차이가 패전국 일본이 초강대국으로 성장할 수 있었던 이유이다."

– 김병완, 《김병완의 초의식독서법》, 19쪽.

이렇게 질문으로 시작하면, 독자들이 주의집중을 하게 되고, 자연스럽게 몰입하게 된다.

두 번째는 질문 대신 대화로 시작하는 방법이다. 대화로 시작하면 글쓰기라는 제한된 상황에서 벗어나 말을 하는 것처럼 느껴져서 쉽게 이야기를 풀어나갈 수 있다. 사례를 살펴보면 이렇다.

"'나이 들어 보세요. 재미있어요.' 백발의 노신사가 젊은이에게 한 말이다. 젊을 때는 나이 드는 것이 싫고 노인의 부정적인 모습만 떠올리지만, 실제 나이 들어 보니 재미있다는 말이다. 그렇다. 태어나서 죽을 때까지 삶의 궤적을 따라가다 보면 재미없는 나이가 어디 있으랴. 물론 스무 살의 즐거움과 마흔, 쉰 살이 되었을 때 느끼는 삶의 즐거움은 전혀 다르다. 그러나 달라서 더 특별하고 가치가 있다. 그걸 모르고 현재 나의 상태를 다른 시기와 비교한다면 우리는 일생토록 후회하고 억울한 삶을 살아야 할 것이다. 지금을 살면서도 한 번도 제대로 살지 못하

는 슬픈 삶이다. 인생은 어느 시기건 그에 알맞은, 그때만
느낄 수 있는 즐거움이 있다. 그것을 충분히 느끼면 산다
면 성공한 인생이다."

— 《나는 죽을 때까지 재미있게 살고 싶다》, 이근후, 17쪽.

세 번째 방법은 속담이나 격언, 명언, 인용구로 시작하는
방법이다. 필자도 많이 사용하는 방법이다. 명언으로 시작한
사례를 한 번 살펴보자.

"훌륭함은 가르칠 수 없다.' 그렇다. 소크라테스의 이 명언
처럼 학교에서 배울 수도, 누가 누구에게 가르쳐 줄 수도
없는 것이 바로 훌륭함에 이르는 길일 것이다. 탁월해지
고 훌륭해지는 것은 가르칠 수도, 배울 수도 없다. 훌륭
함을 가르칠 수 없는 이유는 무엇일까? 독특함에 본질을
두고 있기 때문이다. 훌륭함은 결국 남과 다른 독특함에
서 비롯된다. 이런 이유에서 남들처럼 열심히 일만 한다
고 평범한 삶에서 벗어나지 못한다. 열심히 일해도 어제
와 오늘이, 오늘과 내일이 같다. 하지만 독특함에 미치는
사람은 어제와 전혀 다른 내일을 살아갈 수 있다."

— 《독특함에 미쳐라》, 김병완, 4쪽.

좋은 문장을 쓰는 5가지 방법

그렇다면 어떻게 해야 간결하고 명확한 문장, 즉 좋은 문장을 쓸 수 있을까? 좋은 문장을 쓰는 가장 쉬운 방법은 문장에서 불필요한 것들을 줄이는 것이다. 불필요한 것들만 줄여도 글은 전혀 달라진다. 아주 유명한 작가가 있다. 필자도 존경하는 분이다. 그런데 이 작가가 한시를 번역할 때의 일이다. 어떤 한 시를 번역을 이렇게 했다고 한다. "텅 빈 산에 나뭇잎은 떨어지고, 비는 부슬부슬 내리는데." 이 글을 본 스승은 면박을 주면서 이렇게 말했다고 한다. "여기 '텅' 자가 어디 있냐? '나뭇잎'에서 '잎'이라고 해도 되겠지, '떨어지고'도 '지고'로 해도 말이 통하지. '부슬부슬 내리고'에서 '내리고'를 생략해도 말이 통하겠지."

결국 이렇게 되었다고 한다. "빈 산 잎 지고 비는 부슬부슬" 이 일로 그 작가는 큰 충격을 받았다고 한다. 그리고 글쓰기에 큰 영향을 받았다는 것이다. 불필요한 글자만 줄여도 글은 몰라보게 좋은 문장이 된다. 간결하고 명확한 좋은 문장을 쓰는 방법을 간략하게 정리해서, 5가지 방법을 소개하면 이렇다.

첫 번째 방법은 문장을 화려하게 치장하거나 꾸미려고 하지 않아도 된다. 이렇게 말이다.

전세가는 더 이상 추가 상승의 여력이 없어 보인다. → 전세가는 더 이상 오르지 않을 것이다.

두 번째 방법은 형용사, 부사, 접속사, 조사를 최대한 생략하면 된다. 이렇게 말이다.

우리는 그 과제를 아주 상당한 기간 동안 해야 할 것 같다. → 우리는 그 과제를 상당 기간 해야 할 것 같다. / 나는 개인적으로 우리나라가 통일이 되기를 바란다. → 나는 우리나라가 통일이 되기 바란다. '눈으로 덮여 있는 산'이라는 문장보다는 더 간결하게 만들고자 하면 어떻게 하면 좋을까? '눈으로 덮인 산'이 더 간결하다.

하지만 더 간결하게 해도 좋다. 이렇게 '눈 덮인 산' 이 가장 간결한 문장이다.

'내 인생에 있어 독서는 전부다' 라는 문장을 간결하게 만들어 보자. 불필요한 것을 생략하면 이렇다. '내 인생에 독서는 전부다'.

'선생님의 주장에 대해서는 거부할 수 없습니다.'라는 문장을 바꾸어 보자. '선생님의 주장에 거부할 수 없습니다.'가 좋은 문장이다.

'선동에 의해 조종당하는 민중들' 보다는 어떤 문장이 좋을까? '선동에 조종당하는 민중'이라는 표현이 더 좋지 않은가?

'어릴 적 실수로부터 우리는 배운다.'라는 표현보다는 '어릴 적 실수에서 우리는 배운다.'라는 표현은 어떤가?

'아이들이 놀라기 시작했다'라는 표현보다는 '아이들이 놀랐다'가 더 간결한 문장이다.

'외부 세계로부터 격리된 사람들'보다는 '외부 세계와 격리된 사람'이 더 좋은 문장이지 않을까?

'그 두 사람은 가까운 관계에 있었다.' 라는 문장보다는 '그 두 사람은 가까운 사이였다' 혹은 '그 두 사람은 가까웠다'라는 표현이 더 좋지 않을까?

특히 조심해야 할 조사가 있다. 바로 '-의', '-적' 이다. '고민의 해결' 이라는 말 보다는 '고민 해결'이 더 좋은 표현이다. '스스로의 힘으로 성취해야 한다'보다는 '스스로 성취해야 한다'가 더 좋다.

세 번째 방법은 동일한 의미의 단어 중에 한 자라도 더 짧은 단어를 선택하는 것이다. 예를 들면 이렇다. 증진하다 → 늘리다 / 고안하다 → 만들다 / 가시화하다 → 나타내다 / 경감시키다 → 줄이다.

네 번째 방법은 명사로 표현된 글들을 동사 표현으로 바꾸면 된다. 예를 들면 더 쉽게 이해가 될 것이다. 저 개는 탁월한 개의 전형이다 → 저개는 탁월하다. 그녀는 완벽한 본보기다 →

그녀는 완벽하다.

의존 명사 '것'도 다른 표현으로 바꾸면 좋은 문장이 된다. 예를 들어 보면 이렇다. '당신이 좋아한다는 것의 증거'라는 문장을 '당신이 좋아한다는 증거'로 바꾸면 더 좋은 문장이라고 할 수 있다.

다섯 번째 방법은 일본식 말투, 중국식 말투, 영어 번역 말투를 버리는 것이다. 일본식 말투는 우리글을 복잡하게 만들고 불필요하게 길어지게 만든다. 그래서 일본식 말투를 자주 사용할수록 문장이 매끄럽지 못하게 되고, 쓸데없이 군더더기가 많은 문장이 된다.

~에 의하면 → ~를 보면(신문 기사에 의하면 → 신문 기사를 보면) / ~에 있어서의 → ~에서(서양에 있어서의 → 서양에서) / ~에서의 → ~의(북한에서의 → 북한의) / ~에 처한 → ~에 빠진(상황에 처한 → 상황에 빠진) / ~에로의 → ~으로(혈중에로의 → 혈중으로) / ~으로서의 → ~이라는(인간으로서의 → 인간이라는) / ~으로서의 → ~으로서(전문직으로서의 → 전문직으로서) / ~에 의해 → ~때문에(출근길 정체에 의해 → 출근길 정체 때문에).

영어 번역 표현의 예는 이렇다. 10년간 연구를 행한 끝에 → 10년간 연구한 끝에.

중국식 말투의 예다. 위치하고 있다 → 있다 / 대구에 위치한 팔공산 → 대구에 있는 팔공산 / 일본과 한국 사이에 위치하고 있는 동해안 → 일본과 한국 사이에 있는 동해안 / 가능성을 배제하지 않고 있다 → 할 수 있을 것 같다.

중국글자 말투 중에서 가장 큰 문제가 되고 있는 '~적, ~화, ~감, ~하, ~시, ~상, ~리'들의 경우다. 형식적으로 → 형식으로 / 내용적으로는 → 내용으로는 / 과격화해지는 → 과격해지는 / 분위기하에서 → 분위기에서 / 기대감으로 → 기대로 / 자신감 있게 → 자신 있게.

기억하자. 문장을 꾸미고 치장하려고 하는 것은 좋은 문장의 조건에 정면으로 위배된다. 최대한 꾸미지 말고 담백하게 쓰면 되는 것이다. '어렵고 교묘한 말로 글을 꾸미는 건 문장의 재앙이다.'라고 허균도 말 한 적이 있다.

어떻게 출판사를 유혹할 것인가?
출간 기획서 작성

　여기까지 책 쓰기를 충실하게 했다면 이제 출판사에 정식으로 원고 투고를 하여, 자신의 책이 세상에 나갈 준비가 되었다는 것과 이런 책도 세상에 존재한다는 사실을 알려야 한다. 원고 투고는 이런 점에서 출사표와 다름없다. 수백 군데 이상의 출판사에 원고 투고를 해도, 계약이 된다는 점은 보장할 수 없지만, 우리가 투고도 하지 않는다면, 절대 계약되는 일은 생기지 않는다. 그렇다. 출판사에 투고하는 행위는 출사표와 다름없다. 그리고 이것을 하기 위해서는 약간의 용기와 출간 기획서만 있으면 가능하다.

　문제는 출간 기획서를 어떻게 작성하느냐이다. 한 번도 해본 적이 없는 사람에게는 무척 힘든 일이지만, 누군가가 도와

준다면 그렇게 힘든 일도, 어려운 일도 아니다. 출간 기획서는 면접을 보는 것이며, 서문으로 자기소개와 책 소개를 하는 것이다. 책을 쓴다는 것은 자기 자신을 노출한다는 것을 의미한다. 출간 기획서는 세상에 책을 내놓기 위해서 먼저 출판사에 자기 자신과 책을 노출 시켜서, 출판사의 마음을 사로잡기 위한 최고의 도구라고 할 수 있다. 출간 기획서에 꼭 들어가야 할 필수 사항은 무엇일까?

책의 제목과 목차, 서문, 본문 샘플, 저자 소개이다. 여기에 이 책만의 차별성과 원고 방향, 예상 독자, 비교 도서 분석 등이 추가 되면 완벽한 출간기획서가 된다. 책의 제목은 책의 내용을 제대로 알려 줄 수 있는 것이어야 한다. 발음하기 편하고 기억하기 쉬운 제목이어야 한다. 저자 소개는 이 책의 저자를 한마디로 표현할 수 있어야 한다. 저자 소개를 작성할 때, 가장 중요한 것은 있는 그대로 솔직하게 작성하는 것이다. 혹자는 거짓으로 자신의 경력이나 학력을 추가하는데. 이것은 절대 해서는 안 된다.

예상 독자에 대한 설명도 출간 기획서에 포함되면 좋다. 당신이 쓰고 있는 이 책이 누구에게 읽힐 것인지, 그리고 왜 예상 독자들이 당신의 책을 구매해야 하고 읽어야 하는지에 대해서도 언급하는 것이 좋다. 이 책이 기존에 나온 비슷한 주제의 책들과 차별되는 독특한 점에 대해서도 언급하는 것이 좋다. 왜냐하면 차별성은 가장 큰 장점이기 때문이다. 실제로 출간기획서 샘플을 보는 것이 백 번 설명을 듣는 것보다 나을 것이다. 그리고 명심하라. 실제로 한 번 작성해 보는 것이 남의 것을 백 번 보는 것보다 더 많은 것들을 배울 수 있게 해 준다는 사실을 말이다.

남편이 바람피워도 행복하게 살 수 있는 18가지 방법

1. 제목

남편이 바람피워도 행복하게 살 수 있는 18가지 방법

- 평범한 워킹맘의 거친 세상 행복하게 살아가는 이야기

2. 저자소개

"나는 까칠한 여자입니다."

숨 쉬는 것조차 버거운 하루...... 매사에 짜증이 나 평범한 일상을 보내는 것 자체가 쉽지 않았다. 바쁜 출근길에 누군가 발을 밟기만 해도 피가 거꾸로 솟았다. 낯선 이가 길을 묻는 것도 불쾌했다. 아무 상관 없는 타인에게 길을 가르쳐 줄 여유 같은 것은 없었다. 내 귀중한 시간을 빼앗는 그런 사람들에게 매

번 화가 났다.

4년간의 여대 생활을 마감하고, 정시 퇴근과 안정적인 근무 환경을 꿈꾸며 공기업에 입사했다. 담당하게 된 업무는 경쟁률 1,000:1을 자랑하던 장기전세주택 입주자 선정 업무. (서울시에서 20년간, 주변 아파트 전세 시세의 80% 수준으로 공급하는 아파트 ex-반포자이, 래미안 퍼스티지 등)

장기전세주택 입주를 원하는 민원인들로 사무실은 만원이었고 문의 전화가 폭주했다. 그들은 항상 불만이었다. 원하는 아파트에 들어갈 수 없어서 불만, 생각보다 비싸서 불만, 하자가 생겨서 불만, 전화 연결이 잘 안돼서 불만...

불평불만은 생각보다 전염성이 강하다.

민원인들이 모두 돌아간 저녁 6시 이후에야 업무를 시작할 수 있었다. 야근과 휴일 근무는 1년 내내 지속되었다. 매일 민원전화에 시달리다 보니, 핸드폰에 울리는 지인들의 전화조차 싫었다. 결혼해서 남편이 벌어다 주는 돈으로 쇼핑하고 편하게 지내는 친구들을 질투하고 시기했다. 학창 시절, 분명 내가 공부도 더 잘했다. 세상이 잘못된 거라 생각했다.

아침마다 화가 났다. 모든 일상에 분노했다. 아무도 만나지 않았고 퇴근하면 잠만 잤다.

1년간 그렇게 지내다 보니 몸과 마음은 이미 폐인이 다 되어 있었다.

까칠한 여자, 무심한 남자와 결혼하다.

이익훈 어학원에서 만나게 된 남편. 동갑내기 남편과 6년간 연애 후, 결혼하게 되었다.

성질 급한 나는 게으른 남편의 행동 하나하나가 마음에 들지 않았다. 연애 시절 내내 싸운 적이 없었기에 적잖이 당황했다. 성격이 잘 맞는다 생각했는데, 남편이 그냥 무조건적으로 맞춰주었던 것. 결혼 후 남편은 자기 목소리를 내기 시작했다.

남편은 핸드폰 게임과 만화를 가장 좋아했다. 내가 가장 싫어하는 것을 가장 좋아하는 남편. 내가 싫어하는 것은 안 하는 줄 알았는데, 몰래몰래 다 하고 있었나 보다. 남편은 내가 아무리 늦어도 걱정하지 않았다. 나를 믿는다고 했다. 생각보다도 훨씬 무심한 남편에게 실망하고, 나는 점점 더 까칠해져 갔다. 그래도 아직 세상은 나를 중심으로 돌아가고 있었다.

자기밖에 모르던 이기적인 여자, 엄마가 되다.

밤만 되면 아이는 울었다. 태어난 지 1년이 지났지만 여전히

1~2시간 간격으로 우는 아이는 나를 지치게 했다. 다른 집 아이들은 백일만 지나면 낮과 밤을 가리기 시작해 7시간 내내 잠을 잔다는데, 아이는 돌이 지나도 신생아같이 밤새 울었다.

노력해도 되지 않는 일이 있다는 걸 처음 알게 해 준 엄마라는 자리. 엄마가 된 것을 무척이나 후회했다. 처음으로 내가 아닌, 아이가 중심인 세계에 내던져진 현실을 원망했고, 아이를 원망했다. 우연히 《불량육아》란 책을 읽게 되었다. 아이는 어떻게 자라는지, 아이에게 엄마는 어떤 존재인지를 알게 되면서 힘들어하기만 했던 지난 1년에 미치도록 가슴 아팠다. 엄마가 세상의 전부인 아이에게 화를 내던 순간순간이 떠올라 눈물만 났다.

1년 후 복직할 예정이었으나, 최소 3년은 엄마가 아이를 키워야 한다는 것을 알게 되었다. 고민 없이 2년 더 휴직을 신청했다. 전례가 없던 장기 휴직이라 반려될 가능성도 있었다. 승인되지 않으면 미련 없이 퇴사할 생각이었다. 어느새 나의 가치관은 달라져 있었다.

"돈으로도 살 수 없는 것이 시간이다."

아이는 여전히 밤마다 울었지만, 더 이상 고통스럽지 않았다.

행복의 첫 발걸음을 내디딘 것이다.

"이제는 세상 누구보다도 행복한 여자입니다."

어린 시절부터 책을 무척 좋아하였으며 도서관에 있는 모든 책을 다 읽고 싶다는 꿈을 가지고 있었다. 나에게 희망을 보여준... 《불량육아》란 책을 시작으로, 닥치는 대로 책을 읽었다. 지난 36년간 읽었던 책보다 훨씬 많은 책을 휴직 기간 동안 읽게 되었다. 카카오톡을 삭제하고 인터넷 쇼핑을 끊었다. 시간도 행복도 내가 선택하는 것.

매 순간 아이의 마음을 읽으려 노력했으며, 남편 입장이 되어 이해하고자 했다. 육아 휴직 2년 차부터는 급여가 지급되지 않는다. 경제 사정은 점점 더 나빠졌지만, 나는 점점 더 행복해졌다.

연애 시절과 또 다른 결혼 생활에 부딪히면서 노력해도 되지 않는 일이 있다는 것에 크게 좌절한 후 남편과 싸우지 않는 방법, 아이를 잘 키우는 방법에 대해 고민하다 인생을 살아가는 것에 대한 답을 얻게 되었다. 까칠했던 나는 원하는 대로 되지 않는 인생에 불만투성이였지만, 남편과 아이와 함께 책을 읽으며 계속해서 성장하려 노력 중이며 어떠한 상황이 발생하더라도 헤쳐 나갈 수 있는 근력을 키우고 있다.

현재는 책을 쓰고 있는 작가이다. 책을 쓰면서 끊임없이 성장하고 이 땅의 3040 여성들과 소통하면서 더 행복한 삶을 함께하고자 내공을 기르고 있다. 행복은 누구나 가질 수 있다. 이 책을 통해 많은 여성들이 그들 안에 있는 행복을 꺼낼 수 있도록 돕고자 한다.

3. 기획의도

2016년, 대한민국 3040 여성들은 행복하지 않다.

대한민국 3040대 여성들은 한강의 기적으로 소득수준이 상승한 베이비부머의 자식들로서 부족한 것 없이 자란 첫 번째 세대이다. 부모의 갖은 지원 하에 열심히 공부하고, 자신의 일에 최고가 되고자 부단히 노력하였으며 자아실현이 무엇보다 중요하다.

미래를 위해 앞만 보며 달려 온 그녀들에게 브레이크가 걸린다.

결혼을 하고, 아이를 낳은 후 인생은 180도 달라진다. 내 마음대로 되지 않는 인생에서 이제는 아이, 남편까지 모두 돌봐야 한다. 아내, 며느리, 엄마, 직장... 너무 많은 임무를 지니고 있는 3040 여성들이 행복해지기는 사실 쉽지 않다.

그렇지만 행복은 멀리 있지 않다. 행복할 수 있는 방법은 의외로 간단하다. 복잡하게 얽혀 있는 실타래에서 내가 진정 원하는 것을 아는 것이 행복해지는 첫걸음이다.

3040 여성들이 불평하지 않기를 바란다. 좀 더 행복해지고 더불어 그들의 자녀가 건강하게 자라기를 바란다. 엄마가 행복하면 아이가 행복하다. 행복한 아이는 우리나라의 미래를 밝게 할 것이다.

대한민국 여성들의 희망 온도를 올리자.

4. 핵심주제

- 행복도 불행도 모두 나의 마음에 달려 있다.
- 우리는 어떠한 상황에서도 행복해질 수 있다.
- 누구라도 지금 당장 행복해질 수 있다.
- 행복하기로 선택한 순간 행복해진다.

5. 타겟독자

- 행복하지 않은 3040 여성
- 행복해지고 싶은 3040 여성
- 마음대로 되지 않는 인생이 불만인 3040 여성
- 힘든 일상에서 벗어나고 싶은 3040 여성

- 육아와 가사가 벅찬 3040 여성

6. 책의 장점 및 차별성

- 실생활에 바로 적용할 수 있는 간단한 행복 비결을 제시한다.
- 저자의 실제 사례를 담아내어 독자들이 쉽게 공감할 수 있다.
- 딱딱하고 지루한 자기계발서가 아닌, 영화, 드라마, 고전 등 풍부한 사례를 담고 있다.
- 평범한 워킹맘이 전하는 행복 이야기로 누구나 부담 없이 읽을 수 있다.
- 누구라도 겪을 수 있는 상황들을 생생하게 전달하여 지루하지 않다.
- 원하는 것을 포기하지 않고도 행복해질 수 있는 방법을 제시한다.

표 지	도서명(저자) 출판사 내용	공통점과 차이점
김미경의 인생미답	**김미경의 인생미답** 저자: 김미경 — 자신을 진정으로 사랑하는 것이 행복의 시작이다. 자신을 사랑하는 방법에 대한 70가지 에피소드를 전한다.	**공통점:** 3040여성들이 진정으로 자신을 사랑하고 행복해지는 방법을 담고 있음. **차이점:** 《김미경의 인생미답》 – 스타 강사가 전하는 행복 이야기 《남편이 바람피워도 행복하게 살 수 있는 18가지 방법》 – 평범한 워킹맘이 실제 살아가면서 겪어 내는 소소한 일상이 담긴 행복에세이 독자들의 눈높이에 맞춘 리얼 행복 솔루션 제공
대한민국에서 일하는 엄마로 산다는 것	**대한민국에서 일하는 엄마로 산다는 것** 저자: 신의진 — 아이를 키우며 행복하고 당당하게 일하는 법에 대한 이야기	**공통점:** 일과 육아에 모두 최고가 되고자 하는 3040여성들에게 행복하게 사는 방법 전달 **차이점:** 《대한민국에서 일하는 엄마로 산다는 것》 – 일과 육아 적절히 균형을 유지하면서 행복하게 살아가는 방법에 관한 이야기 《남편이 바람피워도 행복하게 살 수 있는 18가지 방법》 – 일하는 엄마, 일하지 않는 엄마 모두 공감할 수 있는 이야기를 담고 있는 행복에세이로 독자들에게 좀 더 친근하게 다가갈 수 있음.

	**내가 제일 예뻤을 때** 저자: 고로코야 진노스케 – 사랑, 일, 인간관계에서 행복하지 않은 여성들의 심리를 설명해 주는 책	**공통점:** 행복, 불행 모두 자신의 마음 안에 있는 것. 나를 잘 알게 되는 것이 행복의 시작임. **차이점:** 《내가 제일 예뻤을 때》 – 자신의 감정에 솔직해질 방법을 전달해 주는 심리상담가의 심리 분석 자기계발서 《남편이 바람피워도 행복하게 살 수 있는 18가지 방법》 – 평범한 저자가 직접 경험한 사례들을 소개하며 독자 자신의 마음 속 행복을 찾을 수 있도록 도와주는 행복 에세이
	**최성애 박사의 행복수업** 저자: 최성애 – 행복한 부부관계를 위한 사랑의기술과 부부갈등을 지혜롭게 해결하는 방법을 가르쳐 준다.	**공통점:** 3040여성들이 부부갈등을 현명하게 해결하고, 보다 행복한 삶을 살아가기 위한 방법을 담고 있음. **차이점:** 《행복수업》 – 부부관계에 초점을 맞추어 행복을 다루고 있음. 《남편이 바람피워도 행복하게 살 수 있는 18가지 방법》 – 자신의 마음, 관계, 일, 가정 등 우리가 마주치는 일상 전체를 다루면서 독자의 공감을 살 것.

8. 마케팅 전략 및 홍보문구

마케팅 전략

- 개인블로그와 facebook, 카카오스토리를 통한 홍보

- 레몬테라스 네이버카페(회원수 2,910,000명)를 통한 홍보

- 김병완 작가 facebook을 통한 홍보
- 김병완 작가 블로그를 통한 홍보
- 김병완TV 유튜브를 통한 홍보
- 전국도서관 구입독서 신청

홍보 문구
- 남편이 바람피우나요? 이제 나는 더 행복해질 수 있겠네요!
- 남편이 바람피우나요? 그렇다면 행복해질 일만 남았어요.
- 이 책을 펼치는 순간, 행복 바이러스가 온몸에 퍼질 것입
  니다.
- 대한민국 3040 여성들의 행복 솔루션(solution)
- 행복, 이제는 당신 차례.
- 삶이 버거운 당신에게 전하는 리얼 행복 솔루션
- 바람난 남편, 청개구리 우리 아이 내 편 만들기

9. 원고 완성 및 기타사항

(1) 원고 완성일 : 2016년 10월 15일
(2) 예상 페이지수 : 240 페이지
(3) 예상 정가 및 판매 부수 : 12,000원 / 50만 부

10. 목차

생략

11. 서문

생략

12. 샘플원고

첨부파일 참조 부탁드립니다.

출간기획서를 80~90% 정도 작성했다면 과감하게 원고 투고를 하는 것이 좋다. 왜냐하면 많은 예비 작가들이 기획서를 100% 즉 완벽하게 작성을 한 후에 보내고자 한다. 하지만 이 세상에 완벽한 것은 없다. 80% 정도 완성이 되었다면 출판사에 보내서 출판사의 의견과 평가를 듣는 것이 좋다. 예비 작가들이여, 무엇이 두려운가? 과감하게 출판사에 원고 투고를 해 보라. 수많은 거절 메일을 절대 두려워해서는 안 된다. 수많은 거절 메일은 당신이 성장했음을 알려 준다. 절대 기죽지 마라. 거절 메일을 많이 받았다는 것은 당신이 실패를 두려워하지 않고, 최선을 다해서 도전하고 또 도전했음을 알려 주는 자랑스러운 증거인 셈이다. 원고 투고를 출판사에 많이 하는 것이 무조건 좋은 것은 아니다. 해야 할 때 주저해서는 안 된다. 완벽하게 준비해서 한 번에 하고자 하는 것도 좋지만, 어느 정도 책의 윤곽이 나왔다면 그리고 책의 포지션이 정확히 정해 졌다면 충분하다. 원고 투고를 할 때 거절 메일을 두려워해서는 안 된다. 거절 메일을 받아도 절대로 슬퍼하거나 노하지 말고, 오히려 즐거워하라. 거절메일을 받을수록 당신의 도전은 더 가치 있는 것이 되기 때문이다. 단 한 번의 원고 투고로 작가가 되고, 단 한 번의 출간으로 베스트셀러가 된다면 그것은 너무나 인생을 쉽게 사는 것이다. 인생의 의미와 가치는 그런 것이 아니다.

10년 동안 무명인 배우와 딱 1년만 무명인 배우는 유명 배우가 되고 나서, 얼마나 높게 올라가고 얼마나 오래 사랑받는가가 다르다고 하지 않는가? 10년 동안 무명으로 배우 생활을 한 사람들은 그 아픔과 고통으로 대배우가 되고, 국민 배우가 된다고 한다. 그러므로 지금 당장 힘들고 어렵고 마음대로 되지 않는 그런 실패와 시련을 절대 두려워해서는 안 된다. 실패한 만큼 성장하고 배우게 된다.

원고 투고를 하기 위해서는 출판사 메일 주소가 필요하다. 그런데 예비 작가들에게는 출판사 메일 주소를 확보하는 것이 무척 힘든 일이다. 이럴 때는 어떻게 해야 하는 것일까? 출판사마다 홈페이지가 있기 때문에 그곳에서 직접 투고를 할 수도 있지만 이럴 경우 너무나 많은 시간과 노력과 에너지가 들기 때문에 추천하고 싶지 않다. 가장 쉽게 빨리 많은 출판사에 자신의 원고와 출간 기획서를 보내는 방법이 있다. 서점에 가서 자신이 쓰고 있는 분야 코너에 가서 그곳의 책들을 살펴보면, 출판사마다 메일 주소를 쉽게 찾을 수 있다. 한 시간 정도면 수십 개 이상의 출판사 메일 주소를 확보할 수 있을 것이다. 시간이 날 때마다 서점에서 가서 한두 시간씩 출판사 메일 주소를 수집하면, 멀지 않아서 수백 개 이상의 출판사 메일 주소를 확보하고 있는 준비된 작가가 될 수 있다.

본문을 어떻게 쓸 것인가? 본문 집필

본문을 잘 쓰는 쉽고 간편한 3가지 방법

본문 쓰기라고 하면 문장 쓰기와 단락 쓰기로 나눌 수 있다. 그런데 문장 쓰기는 이미 너무나 많은 이들이 잘 하지만, 단락 쓰기는 익숙하지 않다. 그 이유는 무엇일까? 그것은 단락이란 것이 현대에 만들어진 책 쓰기의 또 다른 하나의 발명품에 불과하기 때문이다. 과거에는 단락이란 것이 없어서 처음부터 끝까지 연결되어 있다고 생각하면 된다. 단락 쓰기를 어떻게 할까가 바로 본문 쓰기의 가장 큰 고민일 것이다. 세 가지 유형만 기억하고 글쓰기를 적용하면 된다.

첫 번째 유형은 Q-A-O 다.

> **"질문하기**(Question) – **대답하기**(Answer) – **주장하기**(Opinion)"

"글을 쓸 때 진짜 인생이 펼쳐지는 이유는 무엇인가? (질문하기)

글을 쓰면 자기 자신만의 새로운 콘텐츠가 생기기 때문이다. 새로운 콘텐츠는 감성과 창조의 시대에 가장 큰 재화가 된다. 글쓰기는 인간이 혼자서 무엇인가를 재창조하고, 만들어낼 수 있는 위대한 도구이며, 수단이며 동시에 목적이 된다. 그래서 글쓰기는 수많은 사람들의 인생을 기적처럼 바꾸어놓고도 남는다. (대답하기)

글쓰기처럼 위대한 인생 혁명 수단은 존재하지 않는다. (주장하기)"

– 《김병완의 책 쓰기 혁명》, 김병완 중에서

두 번째 유형은 P-C-S 다.

> **"현상**(Phenomenon) – **원인**(Cause) – **해결책**(Solution)"

예를 들면 이렇다. 우리나라에는 학문 분야 노벨상 수상자가 없다. 반면 일본에는 수십 명이나 있다. (현상제시)

그 원인은 분명하다. 한국 사회는 독서 빈국이기 때문에 한국인들의 사고력이 유연하지 못하고 깊이가 없는 반면, 일본 사회는 독서 강국이기 때문에, 일본인들의 사고력이 유연하고, 깊이가 있다. (원인 설명)

대한민국을 세계 최고의 독서 강국으로 만들면 세계 최고의 인재들이 많이 배출될 것이다. 그래서 대한민국 독서 강국을 실현하면 학문 분야에서도 노벨상 수상자들이 많이 탄생할 것이라고 믿는다. (해결책)

세 번째 유형은 F-C-O 다.

"명언(Famous saying) **– 사례**(Case) **– 주장**(Opinion)**"**

예를 들면 이렇다. "하버드 대학교의 졸업장보다 독서하는 습관이 더 중요하다" 마이크로소프트사를 창립한 빌게이츠가 한 말이다. (명언, 격언)

빌게이츠는 실제로 미국의 명문대인 하버드대학교를 중퇴했다. 그래서 하버드 대학교의 졸업장 없이 독서하는 습관 덕

분에 세계에서 가장 성공한 사람 중의 한 명이 될 수 있었다. (사례)

대학교 졸업장 같은 화려한 스펙보다 독서가 성공을 결정 짓는다. (주장)

칼리지만의 본문 작성법 _ SECCT 본문 작성법

책 쓰기 수업을 듣는 일반인들의 가장 힘든 점은 무엇일까? 바로 한 권의 책이 될 만큼 원고의 양을 채우는 것이다. 200자 원고지 1,000장은 넘어야 한 권의 책이 될 수 있다. A4 용지 120장 정도를 써야 책 한 권이 될 수 있다. 그런데 이것이 힘들다는 것이다. 아무리 쓰고 또 써도 50% 도 안 된다고 하소연하는 분들이 적지 않다. 그래서 필자가 만든 본문 작성 기법이 바로 SECCT 본문 작성 기법이다. 먼저 소목차의 키워드와 키문장을 하나씩 만든다. 그리고 그 키 문장을 토대로, 그것만의 이야기를 중심으로 하나의 본문을 작성한다. 이어서 독립적으로 그 키 문장을 토대로, 그것만의 사회적 증거(Evidence)를 중심으로 하나의 본문을 작성한다. 다음에는 그 키 문장을 토대로, 그것만의 사례(Case)를 중심으로 또 하나의 본문을 작성한다. 그리고 키 문장에 대한 주관적인 작가의 생각(Thought)을 중심으로 또 다른 하나의 본문을 작성하고, 또 그 키 문장에 대한 종합적이고 객관적인 결론(Conclusion)을 중심으로 또 다른 하나의 본문을 작성한다. 이렇게 하나의 소목차라도 5가지 관점에서 독립된 본문을 만들어 나가면, 한 권 분량의 원고를 작성하는 것은 그렇게 어렵지 않다는 것을 알게 된다. 그리고 이 단락들을 항상 같은 패턴으로 순서를 정하지 말고, 목차별로 다르게 구성하면, 5 × 5 = 25개의 구문 패턴이 발생하게 된다. 그렇기 때문에 패턴이 같은 구문을 반복해서 사용하지 말고, 독자들로 하여금 참신하게 느낄 수 있도록 구문의 패턴과 흐름의 순서를 항상 바꾸는 것이 좋다.

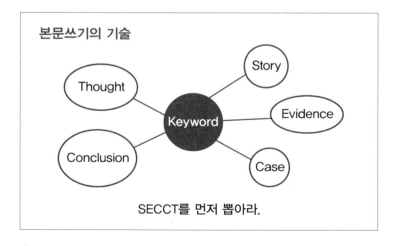

본문쓰기의 기술

Thought

Story

Keyword

Evidence

Conclusion

Case

SECCT를 먼저 뽑아라.

여기에 영화, 책, 논문, 역사, 과학 등을 중심으로 하여 여러 가지 관점에서 또 다른 본문을 작성할 수 있다. 이렇게 되면 한 권이 아니라 여러 권의 책도 문제없이 써낼 수 있다.

원고 투고 & 출판사와 계약 & 출간하기
_ 작가 입문

야호! 드디어 인생 최고의 순간, 800군데에서 1,000군데 이상의 출판사에 한 번에 원고 투고하는 순간이다. 대한민국 넘버원 책 쓰기 학교인 책 쓰기 작가수업 김병완 칼리지에는 800~1,000군데의 출판사 연락처와 이메일을 보유하고 있고, 수업에 참여하는 수강생에게 무료로 제공하고 있을 뿐만 아니라 원고 투고 하는 노하우, 좋은 출판사를 선정하는 방법, 투고 후 계약과 출간 매뉴얼 등을 제공하고 알려 주어 진짜 작가로 도약할 수 있도록 다방면으로 도움을 주고 있다.

7주 동안 고생한 것의 클라이맥스는 역시 출판사 원고 투고 직후에 걸려 오는 출판사의 러브콜이다. 수백 군데 이상의 출판사에 원고 투고를 하면 다음 날부터 수십 군데 이상의 출판사로부터 계약하자며 전화와 메일이 불이 나는 것이다. e-메일을 통해 즉시 계약서를 보내오는 출판사도 있고, 직접 만나서 계약을 하자고 직접 만나자고 하는 전화를 거는 출판사도 있다. 바로 이 순간이 그동안의 모든 노고를 보답 받는 환희의 순간이다.

예비 작가로서 진정한 작가가 되는 첫 관문을 멋지게 통과한 것이라고도 할 수 있다. 출판사와 계약을 할 때 가장 중요한 것 중에 하나가, 어떤 출판사를 선택할 것인가이다. 물론 수백 군데 출판사에서 거절하고, 딱 한 군데 출판사가 계약을 하자고 했을 때는 찬밥 더운밥을 가릴 여유가 없다. 무조건 계약을 하면 되고, 그 결과를 하늘에 맡기면 된다. 하지만 여러 군데서 계약을 하자고 연락이 온다면 이때는 정말 신중해야 한다. 순간의 선택이 인생을 좌우하게 될지도 모른다. 어떤 출판사를 선정하고, 어떻게 잘하느냐에 따라서 당신의 작가로서의 삶이 결정 날 수가 있기 때문이다.

그렇다면 어떤 출판사가 초보 작가에게 좋은 출판사일까? 초보 작가의 원고를 자신의 원고처럼 생각해 줄 줄 아는 출판사와 담당자여야 한다. 만나서 직접 이야기를 몇 마디 나누어 보면 확실하게 알 수 있다. 먼저 원고에 확신을 가지고 있는 출판사이어야 한다. 성공에 대한 확신도 없다면, 책을 만드는 작업 과정에 열정이나 자부심도 사라져 버릴 것이기 때문이다. 출판사를 선정할 때 인세를 얼마나 주고, 계약금을 얼마나 주느냐보다 더 중요한 것은 책이 완성된 후 과연 어느 정도까지 홍보와 마케팅을 해줄 수 있느냐이다. 이것이 가장 중요할지도 모른다. 어떤 출판사는 전혀 해주지 않는다. 여력이 없기도 하고, 다른 책에 더 집중을 하기 때문이기도 하다. 당신의 책에 집중해 주고 밀어주는 그런 출판사를 선택해야 나중에 후회가 없다.

출판사와 계약이 되는 것은 1개월 안에 가능하다. 하지만 계약된 후 책이 나올 때까지는 몇 개월 정도가 걸린다. 빠르면 1개월, 늦으면 12개월도 더 걸릴 수도 있다. 물론 최악의 경우를 두고 하는 말이다. 출판사와 계약을 하는 것이 안 하는 것보다 훨씬 더 낫다. 계약이 되면, 책이 출간되는 것은 시간문제이기 때문이다. 그러므로 반드시 출판사와 계약을 목표로 책 쓰기를 시작해야 한다. 목표가 없으면, 방향이 잘못되고, 제대로 선택과 집중을 할 수 없다.

출판사 계약 이후의 저서 출간 프로세스 본문을 다 쓰고 나서 원고를 통째로 출판사에 주면서 원고 투고를 하는 방식도 있다. 하지만 지금은 이런 시대가 아니다. 본문 전체를 통째로 원고 투고를 하면 출판사 입장에서는 가장 좋지만, 작가 입장에서는 좋은 점보다 나쁜 점이 더 많다.

첫째, 출판사와 본문의 성격이나 방향이 맞지 않아서, 원고를 통째로 다시 작성해야 하는 경우도 많기 때문이다. 결국 고생하는 것은 작가인 것이다.

둘째, 출판사로 하여금 원고 전체를 읽게 함으로써 검토 기간이 상당히 오래 걸린다. 비효율적이라고 말할 수 있다.

셋째, 목차 구성과 책의 핵심 주제, 기획 의도, 비교 도서 분석, 저자 소개, 샘플 원고 등과 같은 것들로 충분히 책의 모든 것을 파악하고 평가할 수 있는데, 굳이 원고 전체를 보낼 필요는 없다. 그래도 원고 전체를 보내달라고 하는 출판사가 적지 않다. 이런 출판사는 나름대로의 소신이 있을 것이다. 하지만 작가 입장에서는 원고 전체를 보내기보다는 일부 샘플 원고만 보내는 방식이 훨씬 더 유리하다.

작가들이여! 출판사의 말에 너무 휘둘리지 말아야 한다. 작가는 용기가 필요하다. 독자들의 악평에도 꿋꿋하게 버틸 수 있는 용기뿐만 아니라 출판사의 주장에도 휘둘리지 않는, 중심을 잡을 수 있는 용기 말이다. 이런 용기는 출판사와 정식으로 계약하고 나서부터 더 중요하다. 출판사가 이렇게 저렇게 자기 좋을 대로 요구하는 것이 많아질 수 있다. 물론 작가와 출판사는 공생의 관계다. 하지만 작가는 언제나 을이었고, 출판사는 갑이었다. 그래서 '출판사, 갑의 횡포'라는 말도 생긴 것이다. 작가는 늘 약자였다. 그래서 출판사가 계약을 해 놓고서 몇 개월 혹은 몇 년이 지나도, 작가의 책을 출간해 주지 않을 뿐만 아니라, 아무 잘못도 없는 원고를 트집 잡으면서, 계약 파기를 일방적으로 하는 경우가 적지 않다. 정식으로 계약이 된 이상, 계약을 일방적으로 파기하고 책을 출간해 주지 않는 것은 엄연한 계약 위반이며, 출판사의 갑의 횡포이다. 필자도 이런 경우를 많이 당해 봤다. 그렇기 때문에 작가들이여! 출판사와 계약을 한 이후부터 더 정신을 차려야 한다. 물론 좋은 출판사, 정직한 출판사, 작가를 배려해 주는 출판사가 훨씬 더 많다.

출판사와 계약을 하면, 너무나 기분이 좋아서, 하늘을 날 것 같고, 구름 위를 떠다니는 기분이 든다. 자녀들에게 정말 자랑하고 싶고, 자부심도 느끼고, 인생을 살면서 최고로 기분이 좋은 순간일 수도 있다. 이 기분을 필자는 잘 안다. 하지만 이런 승리의 기분에 도취되어 헤어 나오지 못하면 안 된다. 이제부터 시작이라는 마음으로 새롭게 시작해야 한다. 계약서 내용을 꼼꼼히 살펴서, 언제까지 원고를 넘겨야 하는가를 먼저 체크하고, 그 마감 기한 한 달 전까지 원고를 다 작성해서 마무리한다고 목표를 잡고 집필 일정을 세우고, 지금 당장 시작해야 한다. 미리미리 시작해서 한 달 전에 완료하는 것이 좋다. 완료했다고 해서 바로 원고를 넘겨서는 안 된다.

　원고 마감 기한 일주일 전에 넘기는 것이 가장 좋다. 너무 빨라도 이상하게 생각하고, 너무 늦어지면 출간이 힘들 수도 있다. 출판사 담당자와 수시로 자주 연락하고, 소통을 하는 것이 매우 중요하다. 결국 책은 사람이 만드는 것이기 때문이다. 출판사 계약 이후 신경 써야 하는 것은 마감 이전까지 원고 완성하는 일과 출판사 담당자와의 긴밀한 소통 관계 유지다.

만 권 독서 백 권 작가의 책 쓰기 특강

초판인쇄	2025년 1월 16일
초판발행	2025년 1월 25일
지은이	김병완
발행인	조현수
펴낸곳	도서출판 프로방스
기획	조영재
마케팅	최문섭
편집	문영윤
주소	경기도 파주시 광인사길 68, 201-4호(문발동)
전화	031-942-5366
팩스	031-942-5368
이메일	provence70@naver.com
등록번호	제2016-000126호
등록	2016년 06월 23일

정가 18,000원
ISBN 979-11-6480-381-1 (03800)